詩經百品

品读诗词中国

詩經百品

苏若荻

中国财经出版传媒集团
经济科学出版社

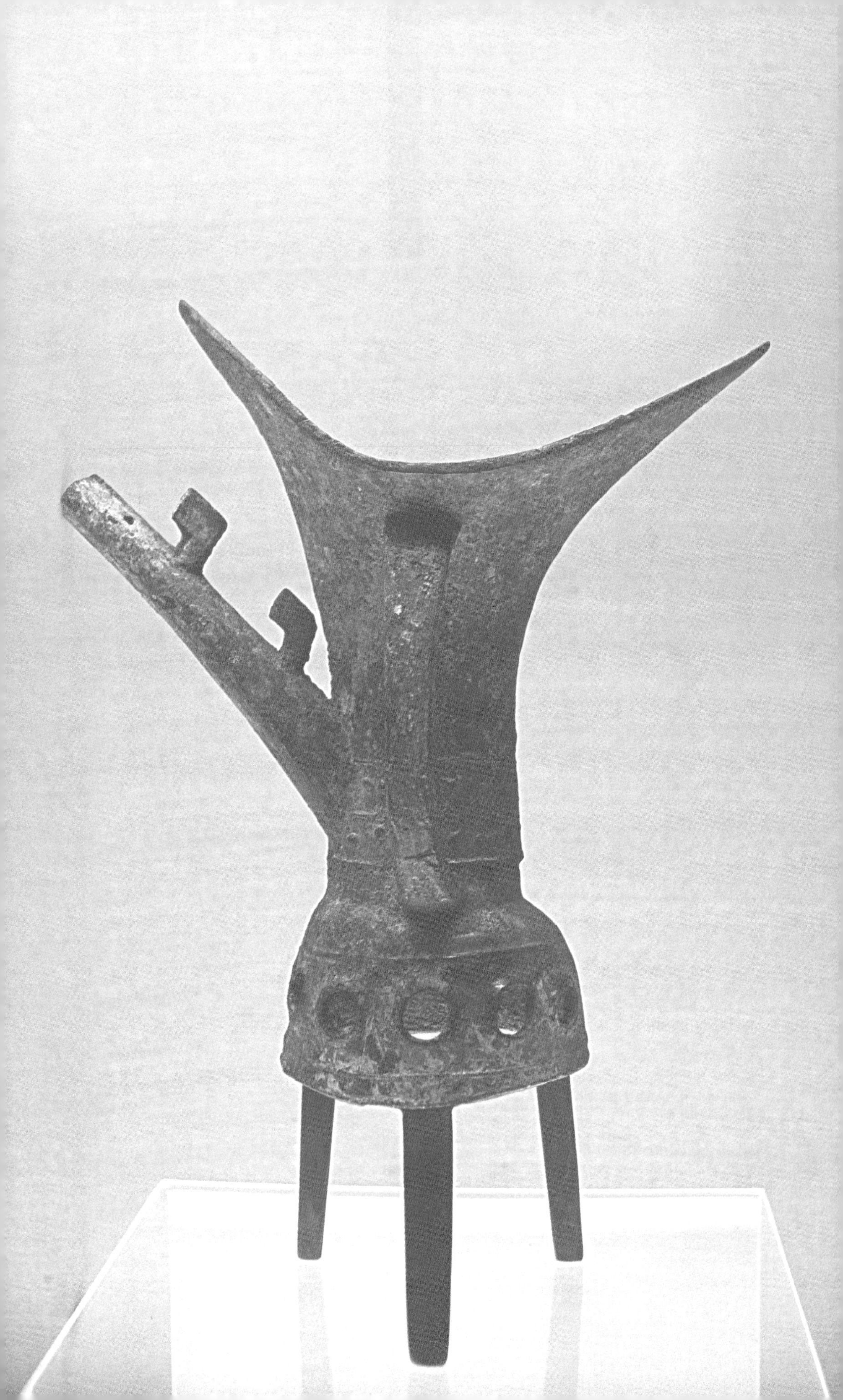

前 言

《诗经》是中国最早的一部诗歌总集，收有西周与春秋时代的诗歌305首，由孔子编定。《诗经》由《风》《雅》《颂》三部分组成，《风》收录各诸侯国的风土民歌；《雅》分为《大雅》与《小雅》，收录贵族士大夫的诗歌；《颂》是天子与诸侯们祭祀时奏乐起舞之歌。

虽然《诗经》中所收录的诗歌时代上起于西周，但从民间歌谣的发展演变看，很多歌谣应当产生于更早的夏商时代，因此，《诗经》就是中国上古诗歌的源头与集成，尽管距今已三四千年，但其中的文化因子仍流淌在我们的血液中。

《诗经》是诗，更是歌，在当时都是配乐吟唱的。《史记·孔子世家》曾记道："三百五篇，孔子皆弦歌之。"若将其还原为现代概念：《风》相当于民歌和流行歌曲；《雅》相当于西洋歌曲；《颂》是各种仪式庆典上的歌曲。

《诗经》年代久远，许多诗篇艰涩难读，本着简洁、生动、有现代感的原则，我们从中择取了100篇，略加释读，以便于读者直接诵读。

目 录

关雎		001
桃夭		003
兔罝		005
芣苢		007
汉广		009
殷其雷		011
摽有梅		013
小星		015
江有汜		017
绿衣		019
燕燕		021
日月		023
终风		025
击鼓		027
凯风		029
式微		031
北门		033
北风		035
静女		037
蝃蝀		039
相鼠		041
淇奥		043
考槃		045
氓		047
竹竿		051
河广		053

有　狐	055
木　瓜	057
黍　离	059
君子于役	061
君子阳阳	063
扬之水	065
采　葛	067
遵大路	069
女曰鸡鸣	071
有女同车	073
山有扶苏	075
萚　兮	077
狡　童	079
褰　裳	081
风　雨	083
子　衿	085
扬之水	087
出其东门	089
野有蔓草	091
溱　洧	093
鸡　鸣	095
东方之日	097
东方未明	099
十亩之间	101
伐　檀	103
硕　鼠	107

蟋　蟀	109
山有枢	111
椒　聊	113
绸　缪	115
羔　裘	117
蒹　葭	119
终　南	121
晨　风	123
无　衣	125
渭　阳	127
权　舆	129
东门之池	131
东门之杨	133
墓　门	135
月　出	137
泽　陂	139
匪　风	141
蜉　蝣	143
七　月	145
鹿　鸣	151
伐　木	153
采　薇	155
南有嘉鱼	157
南山有台	159

蓼 萧	161
湛 露	163
菁菁者莪	165
鸿 雁	167
庭 燎	169
沔 水	171
鹤 鸣	173
白 驹	175
黄 鸟	177
我行其野	179
谷 风	181
蓼 莪	183
鼓 钟	185
鸳 鸯	187
青 蝇	189
黍 苗	191
隰 桑	193
白 华	195
绵 蛮	197
渐渐之石	199
苕之华	201
何草不黄	203
天 作	205
丰 年	207

| 钟鼓乐之 |

国家博物馆藏

关　雎

关关雎鸠，在河之洲。窈窕淑女，君子好逑。
参差荇菜，左右流之；窈窕淑女，寤寐求之。
求之不得，寤寐思服。悠哉悠哉，辗转反侧。
参差荇菜，左右采之；窈窕淑女，琴瑟友之。
参差荇菜，左右芼之；窈窕淑女，钟鼓乐之。

【品读】

雎鸠（jū jiū），一种鱼鹰。洲，河中小岛、沙洲。君子，对男子的美称。好逑（hǎo qiú），好，喜好，逑，雠之借字，本义为双鸟，此又指成双，婚配也。好逑，即愿结连理。荇（xìng）菜，一种水草，可食用。流，采摘。寤寐（wù mèi），寤，醒时，寐，睡眠时。寤寐思服，即昼思夜想。芼（mào），采摘。

这是古来流传最为久远的一首恋歌，写一男子站在清澈的小河边，看着采摘荇菜的少女，顿生爱慕之意。诗先写河中小洲上欢快鸣叫的鱼鹰，再写美丽少女之魅力，使我怦然心动，愿结连理。再往下，一边写少女采摘荇菜之倩影，一边写我的思念倾慕之情，层层递进，把一个痴情男子的心衷刻画得入木三分，更写出了一种至真至纯之爱。

| 宜其家室 |

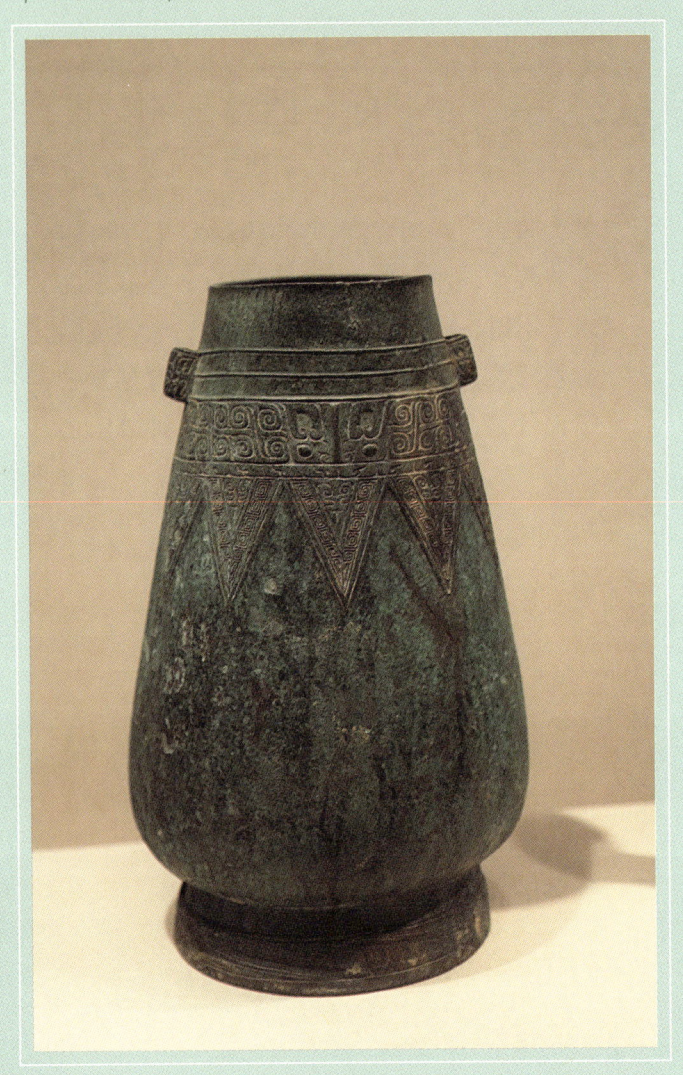

陕西省博物馆藏

桃　夭

桃之夭夭，灼灼其华；之子于归，宜其室家。
桃之夭夭，有蕡其实；之子于归，宜其家室。
桃之夭夭，其叶蓁蓁；之子于归，宜其家人。

【品读】

夭夭，美丽而茂盛之状。灼（zhuó）灼，鲜明光亮之状。之子，此人，此处指待嫁之新娘。归，嫁至夫家称归。宜其室家，带来家室兴旺。蕡（fén），果实之茂盛。蓁（zhēn）蓁，枝叶繁茂之状。

这是一首新婚祝诗，分别将新娘比作盛开的桃花、成熟的果实、繁盛的枝叶，再三赞美其将给家庭带来兴旺。一咏三叹，展现出两千多年前的婚庆祝福。

| 赳赳武夫 |

国家博物馆藏

兔罝

肃肃兔罝，椓之丁丁；赳赳武夫，公侯干城。
肃肃兔罝，施于中逵；赳赳武夫，公侯好仇。
肃肃兔罝，施于中林；赳赳武夫，公侯腹心。

【品读】

肃肃，整齐、细密。罝（jū），网也，兔罝，捕兔之网。椓（zhuó），敲。丁丁，敲击木桩入地的声音。武夫，武士。公侯，天子分封到各地的诸侯。干，盾也。城，城池。干城，即捍卫之意。中逵，交通要道。逵，四通八达之地。好仇，好的同伴。中林，林中。腹心，心腹也。

西周分封制下，周天子将亲戚功臣分封到各地建立诸侯国，其国君即公侯。诸侯国内又层层分封，公侯们的亲属及同一宗族者或成为卿大夫，拥有一方土地与人口，多数则成为士，称国人，拥有一块土地，要为公侯出征作战、捍卫城池。诗中的武士就是指这批人，他们是各公侯统治的基础所在。有了他们，才能实现对封地内被征服者也就是野人的统治。

诗中将武士比作捕兔之网，形象描述了武士们的赳赳豪气，以及他们对于公侯的意义。本诗的最大特点就是诗句语言节拍与诗义内容十分吻合，铿锵有力，掷地有声。

| 薄言有之 |

国家博物馆藏

芣 苢

采采芣苢，薄言采之；采采芣苢，薄言有之。
采采芣苢，薄言掇之；采采芣苢，薄言捋之。
采采芣苢，薄言袺之；采采芣苢，薄言襭之。

【品读】

采采，草木繁盛之貌。芣苢（fú yǐ），车前草，可入药，止血，亦可食用。采之、有之、掇之、捋之，均为采摘之意。薄言，语气助词。袺（jié），手提衣襟以盛物。襭（xié），将衣襟固定兜起以盛物。

春光明媚，三三两两的少女来到郊外，采摘车前草。茂盛的车前草长满路旁，左采右采，很快便装满小筐，只好用手提着衣襟继续采摘。越采越多，少女们仍不想归去，又将衣襟系成兜儿，双手腾出，继续采摘。

简洁的语言、叠式的歌咏，更能反映出诗中少女的明快与勤劳。

| 言秣其驹 |

国家博物馆藏

汉 广

南有乔木,不可休思;汉有游女,不可求思。
汉之广矣,不可泳思;江之永矣,不可方思。
翘翘错薪,言刈其楚;之子于归,言秣其马。
汉之广矣,不可泳思;江之永矣,不可方思。
翘翘错薪,言刈其蒌;之子于归,言秣其驹。
汉之广矣,不可泳思;江之永矣,不可方思。

【品读】

乔木,高大之树木。思,同"矣",均为助词,诗中之"言"字亦是。游女,出游之少女。永,长也。方,绕行至对面。翘翘,高出其他之树。错薪,交错丛生的杂树。刈(yì),割也。楚,荆树。之子于归,女子嫁过来。秣(mò),喂养。蒌(lóu),水边所生蒿草,较为鲜嫩,适于喂养马驹。

此诗应是樵夫所唱山歌,诗中"汉"与"江"均指汉水。汉水岸边,丛林茂密,砍柴之少年看到江边美女,放歌送情,但与常人不同的是,这位樵夫总是自怨自艾,提前唱出"求之不得"的苦恼,看似缺乏自信,实际上却透出对意中人的倾慕之情。如诗以高大之乔木喻这位女子,以"江之永矣"唱出两人间的距离,就是对她的赞美与崇拜。

诗的大意如下:

南方的乔木,高大而遥远,无法倚之休憩;汉江对岸的游女,同样也是难以相求。唉,汉江之宽,不可泅渡;汉江之长,也不可能让我绕到你的身边。

高高低低的树丛中,割下一束束荆条,盼着你嫁过来时,喂养迎娶你的骏马。唉,汉江之宽,不可泅渡;汉江之长,也不可能让我绕到你的身边。

高高低低的树丛中,割下一束束蒿草,盼着你嫁过来时,喂养迎娶你的马驹。唉,汉江之宽,不可泅渡;汉江之长,也不可能让我绕到你的身边。

| 振振君子 |

国家博物馆藏

殷其雷

殷其雷，在南山之阳。何斯违斯，莫敢或遑。
振振君子，归哉归哉！
殷其雷，在南山之侧。何斯违斯，莫敢遑息。
振振君子，归哉归哉！
殷其雷，在南山之下。何斯违斯，莫或遑处。
振振君子，归哉归哉！

【品读】

殷，雷声。斯，处所，地方。违，离开。何斯违斯，还不知你在何处时就又离开了，意为四处奔波。振振君子，诚实可亲的夫君。遑，闲暇。

这是一首思夫之作。夫君奔波在外，听到隐隐的雷声，就以为是夫君的车声，忽而在南山之阳，忽而在南山之侧，忽而在南山之麓。想到夫君之奔波，令人心疼。归来吧，我诚实的夫君；归来吧，我可爱的夫君；归来吧，我至亲的夫君。

由无处不在的雷声，到浮现出夫君的劳顿，再到三声"归哉"，思君之情，感人肺腑。

| 求我庶士 |

国家博物馆藏

摽有梅

摽有梅，其实七兮。求我庶士，迨其吉兮。
摽有梅，其实三兮。求我庶士，迨其今兮。
摽有梅，顷筐塈之。求我庶士，迨其谓之。

【品读】

这是一首少女恋歌，唱出了不同年龄时段的少女对追求者的态度，生动活泼，坦率可爱，当是春日郊游时的对歌。

摽（biào），落下。迨（dài），待到。塈（jì），取。

诗的大意为，梅落三分之时，追求我的那些少年，我会要求等到良辰吉日，细细选择；梅落七分之时，追求我的那些少年，我会告诉他们吉日就是今天；杨梅全部装在了筐中，要拿回的时候，追求我的那些少年，我会告诉他们，当你向我求婚时，就是良辰吉日。

| 夙夜在公 |

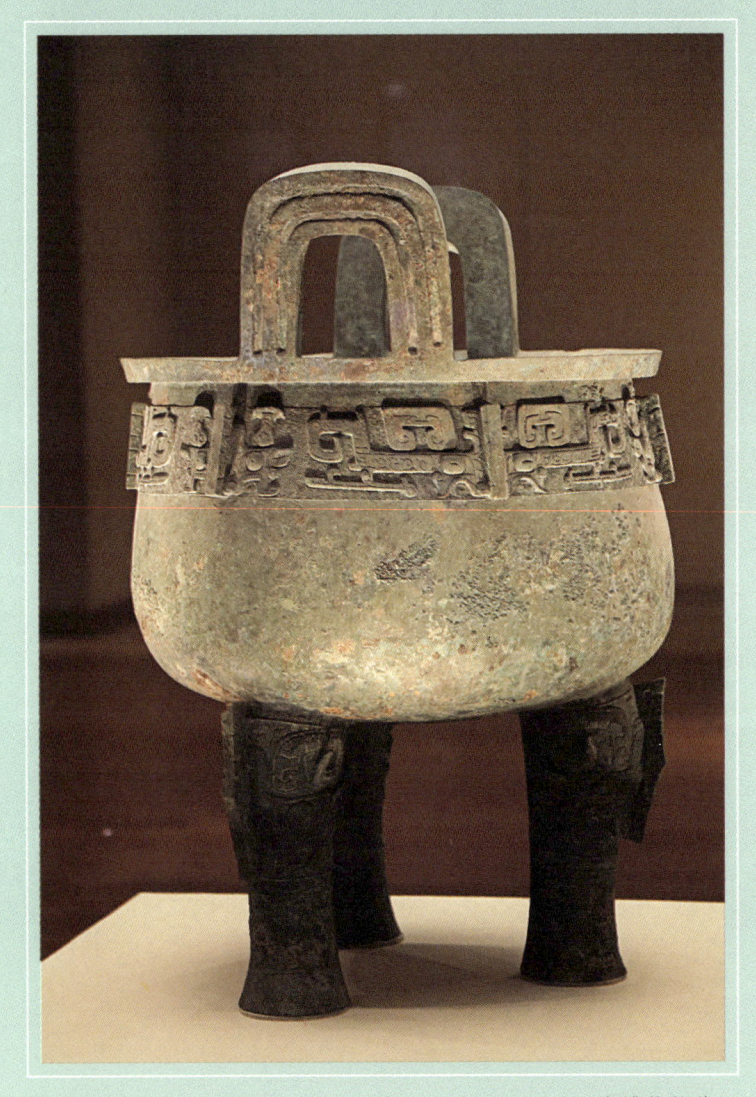

国家博物馆藏

小　星

嘒彼小星，三五在东；肃肃宵征，夙夜在公。寔命不同。
嘒彼小星，维参与昴；肃肃宵征，抱衾与裯。寔命不犹。

【品读】

这是两千多年前一个小官吏的自叹调，感叹自己早出晚归，夙夜不宁，与那些当政者实在是命运不同。以"小星"为题，既是自比，又是象征，透出忙碌身影背后淡淡的凄凉。

嘒（huì），微微发光。肃肃，紧张。宵征，夜行。寔，即"实"。参（shēn）、昴（mǎo），均为二十八星宿之一，居于西部夜空。衾（qīn），被子。裯（chóu），床帐。抱，抛开。

诗的上段写此人之晚归，下段写此人之早出。太阳西落，东方已挂上三三两两的小星，我还在夜色中紧张地行走，从早到晚忙于公事，真是命运不同。太阳还未出现在东方，西面天上的参与昴还在闪烁，我却又要在夜色中紧张地行走，离开温暖的衾被，真是命不如人。

| 其后也悔 |

河南博物院藏

江有汜

江有汜，之子归，不我以。不我以，其后也悔。
江有渚，之子归，不我与。不我与，其后也处。
江有沱，之子归，不我过。不我过，其啸也歌。

【品读】

　　本诗是一位被舍弃女子的呐喊。汜（sì），朱熹曰："水决复入为汜。"江有汜，也就是指江水决口后又复归故道。看来，这位女子与相爱者一度分手，但男子却又另娶他人。之子，指男子。归，迎娶。所以，她愤愤地歌道：不娶我，不娶我，必定后悔。

　　后两段格式与之相同，看到江中小洲，看到江水支流，被舍弃的女子同样愤愤地告诉这位男子，你一定会回到我身边，而我则会且啸且歌，自得其乐。

　　渚，江中之洲。沱，江之支流。处，回归也。

| 实获我心 |

国家博物馆藏

绿 衣

绿兮衣兮，绿衣黄里；心之忧矣，曷维其已！
绿兮衣兮，绿衣黄裳；心之忧矣，曷维其亡！
绿兮丝兮，女所治兮；我思古人，俾无訧兮。
絺兮绤兮，凄其以风；我思古人，实获我心。

【品读】

这是一首悼亡之作，对亡妻的思念，堪比苏轼的"十年生死两茫茫"。绿衣黄里，绿上衣与黄下衣。曷，何也。维，助词。裳，下衣。亡，忘也。治，织作也。古人，故人。俾（bǐ），使。訧（yóu），过失。絺（chī）、绤（xì），均为麻葛衣料，夏季所穿。凄，清凉。

季节转换，换上夏装，睹物思人，更加怀念已故的妻子。本诗以妻子所织衣裳作比，缠缠绵绵，将无尽忧思一一条缕，极是感人。第一段，看到妻子为我织作的绿衣黄里，感叹心中忧伤何时可以消失；第二段，看到妻子为我织作的绿衣黄裳，更是感叹心中的忧伤何时可以忘记；第三段转而叙述对亡妻的感情，绿衣上的一针一线，都是妻子为我织成，更让我思念的是，妻子使我没有过失；第四段同样，粗葛麻衣、细葛麻衣，穿在身上像在凉风中那样清爽，我的故人，实在太称我心，如何能不忧伤不已。

| 远送于野 |

南京博物院藏

燕　燕

燕燕于飞，差池其羽；之子于归，远送于野。瞻望弗及，泣涕如雨。
燕燕于飞，颉之颃之；之子于归，远于将之。瞻望弗及，伫立以泣。
燕燕于飞，下上其音；之子于归，远送于南。瞻望弗及，实劳我心。
仲氏任只，其心塞渊。终温且惠，淑慎其身。先君之思，以勖寡人。

【品读】

　　这是一首送嫁诗，作者为春秋时代薛国国君。薛国是一个小国，国君为任姓，其妹远嫁，这位国君写下情真意切的送别诗，备述兄妹之情。

　　燕燕，即燕子。差池，形容燕尾之参差。颉颃（xié háng），上下翻飞。将，送行。南，林也，亦即野。劳，忧伤也。仲氏，指少女。任，任姓。只，助词。塞渊，沉稳厚重。勖（xù），勉励。寡人，寡德之人，国君自谦之词。

　　诗的大意为：燕子飞翔，尾羽参差；小妹出嫁，远送于郊野。眺望不到，泪下如雨。燕子飞翔，上下翻飞；小妹出嫁，远远相送。眺望不到，伫立泪下。燕子飞翔，上下鸣叫；小妹出嫁，远送郊野。眺望不到，我心忧伤。小妹姓任，沉稳厚重。温柔聪慧，贤淑恭谨。远嫁之后，要思念故去的父君，也要关注你的兄长。

| 逝不相好 |

河南博物院藏

日 月

日居月诸，照临下土。乃如之人兮，逝不古处。胡能有定？宁不我顾。
日居月诸，下土是冒。乃如之人兮，逝不相好。胡能有定？宁不我报？
日居月诸，出自东方。乃如之人兮，德音无良。胡能有定？俾也可忘！
日居月诸，东方自出。父兮母兮，畜我不卒。胡能有定？报我不述！

【品读】

　　此诗为古怨歌之首，非怨男子之离弃，而是夫妻之间的恩怨。此类怨歌后世十分少见，亦可见春秋之民风。

　　居、诸，均为助词。逝、宁、胡，均为"何"之意。冒，覆盖。卒，终结。不述，不规则，不义。

　　这位妻子看来属于心直口快型的，诗以一个哀怨女子之口写道：日月之光，照临天下。如此之人，为何不同以往。何时可止？不再像现在这样对我毫不顾及。日月之光，泽被天下。如此之人，为何不再恩爱。何时可止？不再像现在这样对我毫无回报。日月之光，出自东方。如此之人，言行不一。何时可止？或者让我将他忘记。日月之光，东方升起。父亲母亲，为何不能永远照料着我。何时可止？不再像现在这样对我绝情绝义。

| 虺虺其雷 |

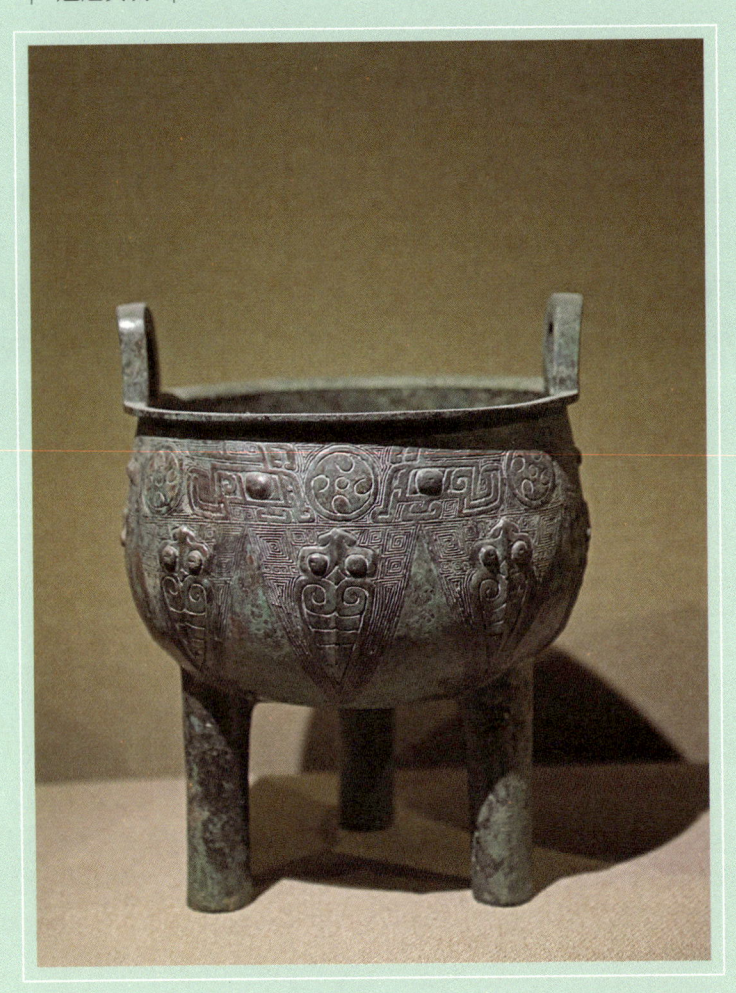

宝鸡青铜器博物馆藏

终 风

终风且暴，顾我则笑。谑浪笑敖，中心是悼。
终风且霾，惠然肯来。莫往莫来，悠悠我思。
终风且曀，不日有曀。寤言不寐，愿言则嚏。
曀曀其阴，虺虺其雷。寤言不寐，愿言则怀。

【品读】

这是一首以女子口吻形象刻画情侣间感受的自述诗，先后以四种天气，带出两人间的重重情愫。先写狂风暴雨，他见我则笑。虽然欢娱开颜，但心中总是有些忧伤。悼，忧伤也。再写狂风阴霾，遮天蔽日，他时而温柔前来，时而不来不往，留下无尽思念。又写狂风云卷，时而如此，就像他一样，变化无常，让我难以成寐，心绪不宁，喷嚏连连。曀（yì），阴云密布。不日，不时。寤，醒着。寐，睡着。言，助词。愿，思虑。嚏，喷嚏，古人认为有所思则会打喷嚏。最后，写天气阴沉，雷声隐隐，夜不能寐，思念感伤，感伤他再不出现。曀曀，阴云不开。虺（huǐ）虺，象声词，拟雷声。

春秋时代尚有走婚制，女子居母家，男子每晚需到女家走婚，天亮离开。近代云南摩梭人之阿注婚姻与之类似。本诗所描述的应当是走婚制下一对男女的情爱故事。

| 击鼓其镗 |

国家博物馆藏

击 鼓

击鼓其镗,踊跃用兵。土国城漕,我独南行。
从孙子仲,平陈与宋。不我以归,忧心有忡。
爰居爰处,爰丧其马。于以求之,于林之下。
死生契阔,与子成说。执子之手,与子偕老。
于嗟阔兮,不我活兮。于嗟洵兮,不我信兮。

【品读】

这是一位卫国士兵出征之际对妻子的诀别之作。全诗共五段。第一段,写咚咚战鼓声中,士兵们踊跃练兵,出征之际,有留下筑城墙者,有留下修护城河者,我则随同南行征战。镗(tāng),鼓声。兵,兵器。国,城郭。漕,护城河。"土"与"城"均为动词,修治也。

第二段写出征之心情。此行是随孙子仲与陈、宋之军共同出征,无法归家,忧心忡忡。孙子仲,卫国将军。平,联合也。

第三段写战争之惨烈。一旦战争开始,我将不知居于何处,更不知何处丧我战马,何处寻我尸骨?只有到荒郊野外。爰,何也。于以,于何,同"爰"。林,郊野也。

第四段写离别之情。士兵在生死离别之际,对妻子立下誓言,要"执子之手,与子偕老"。契,合也。阔,别也。死生契阔,即生死离别。成说,立誓。偕,共同也。

第五段写士兵之悲叹:天遥地阔,难以相聚;久留他乡,难兑誓言。嗟,叹息也。阔,此处为远。活,合也,相聚也。洵,久留在外。信,达到,做到。

| 睍睆黄鸟 |

宝鸡青铜器博物馆藏

凯 风

凯风自南，吹彼棘心；棘心夭夭，母氏劬劳。
凯风自南，吹彼棘薪；母氏圣善，我无令人。
爰有寒泉，在浚之下；有子七人，母氏劳苦。
睍睆黄鸟，载好其音；有子七人，莫慰母心。

【品读】

这是一首亲孝之诗，讲述了七位子女在母亲的辛勤抚育下成长，但又无法回报母恩的真实情感。

诗先从七子幼小写起，南风和煦，吹拂着棘心，棘心徜徉在和风之中，我们的母亲却辛劳病苦。凯风，南风也，生长万物之风。棘，小的棘条。棘心，棘初生之幼芽，此谓幼小之七子也。夭夭，朱熹解为"少好貌"。劬（qú）劳，劳苦，病苦。

再写七子之成长，不能如意，未成大材，只是能作薪柴之棘条而已，这一点不怪母亲，母亲聪慧善良，是我等七子没有成才。令，好也，成也。

最后两段以寒泉与黄鸟作比，写母恩难报。那寒泉之水，在浚（jùn）河之下，尚能补润其水；我等七子，却仍要母亲操劳。间关鸣叫的黄鸟，犹能以美妙之声回报，而我们七子，却无法慰藉慈母之心。睍睆（xiàn huǎn），清和宛转之声，后人多写作"间关"。

| 式微式微胡不归 |

国家博物馆藏

式　微

式微式微！胡不归？微君之故，胡为乎中露？
式微式微！胡不归？微君之躬，胡为乎泥中？

【品读】

这是一首下层民众对贵族的怨愤之作。"式微"之"式"为发语词，"微"，衰微也，当指日暮之际。"微君"之"微"犹"非"也。一群在外劳作的平民，旷日持久，无法归家，愤而有此咏叹。

日落西山，为何不归？非君之故，怎会风餐露宿？

日落西山，为何不归？非君之故，怎会置身泥中？

| 莫知我艰 |

宝鸡青铜器博物馆藏

北 门

出自北门，忧心殷殷。终窭且贫，莫知我艰。
已焉哉！天实为之，谓之何哉！
王事适我，政事一埤益我。
我入自外，室人交遍谪我。
已焉哉！天实为之，谓之何哉！
王事敦我，政事一埤遗我。
我入自外，室人交遍摧我。
已焉哉！天实为之，谓之何哉！

【品读】

这是一个下层官吏的自述，讲述了自己贫困交加，而王侯之事务层层追加，家中之人又群起谴责，几乎陷于绝境，因而，一遍一遍地喊道：奈何！奈何！

殷殷，深重也。终，既。窭（jù），贫窭。王事政事，均谓王侯之杂役事务。适，掷也。埤（pí）益，增益，追加也。室人，家人。谪（zhé），谴责、责备。敦，督促。遗我，交付给我。摧，讥讽。

出自北门，忧心忡忡。贫困窘迫，谁知我之艰难。俱已往矣！天意如此，尚复何言！

王事交付给我，政事也层层叠加。我自外归家，家人交相谴责。俱已往矣，天意如此，尚复何言！

王事催我，政事不断交付给我。我自外归家，家人交相讥讽。俱已往矣，天意如此，尚复何言！

| 携手同归 |

国家博物馆藏

北　风

北风其凉,雨雪其雱。惠而好我,携手同行。其虚其邪,既亟只且!
北风其喈,雨雪其霏。惠而好我,携手同归。其虚其邪,既亟只且!
莫赤匪狐,莫黑匪乌。惠而好我,携手同车。其虚其邪,既亟只且!

【品读】

　　这是一首逃亡诗,内容是劝其好友共同逃离苦难之地。北风,寒凉之风。雱(pāng),即滂沱之滂,形容雪之大。惠,爱也。惠而好我,谓我之好友。行,离去也。虚,徐缓。邪,通"徐",缓慢。其,助词。亟,急迫也。只且,助词。喈(jiē),疾风之声。霏,雨雪纷飞。赤,红色,谓狐皮之色。匪,非也,赤狐与乌鸦为不祥之物,诗人以此喻国之动荡。

　　北风肃杀,雨雪纷纷。我之友朋,携手同去。且莫徘徊,情势已很急迫!
　　北风呼啸,雨雪霏霏。我之友朋,携手同归。且莫徘徊,情势已很急迫!
　　不是红色便不是赤狐,不是黑色便不是乌鸦,此物一出,天下大乱。我之友朋,携手同车。且莫徘徊,情势已很急迫!

俟我于城隅

上海博物馆藏

静　女

静女其姝，俟我于城隅。爱而不见，搔首踟蹰。
静女其娈，贻我彤管。彤管有炜，说怿女美。
自牧归荑，洵美且异。匪女之为美，美人之贻。

【品读】

这是一首恋歌，是一位痴情男子的真情表白。静女，淑女也。姝（shū），美丽也。俟（sì），等待。城隅（yú），城墙角。踟蹰（chí chú），来回徘徊。娈（luán），美丽也。贻（yí），赠送。彤管，茅草芽，茅草初生，芽红且粗，故称彤管，古人常以茅草表达爱意，象征婚配。炜，红色泛光。说怿（yuè yì），欣赏、喜爱。荑（tí），初生之茅草。洵（xún），的确。

贤淑美丽的姑娘，在城墙边等我。兴冲冲地赶到，却不见她的踪影，让我徘徊不安。

贤淑美丽的姑娘，给了我鲜红的茅芽，茅芽红灿可爱，让我爱不释手。

放牧归来的姑娘，送我细嫩的茅草，茅草实在美艳，就是与众不同。其实，并非真的那么美艳，而是我的美人相赠，让我爱屋及乌。

| 女子有行 |

国家博物馆藏

蝃蝀

蝃蝀在东,莫之敢指。女子有行,远父母兄弟。
朝隮于西,崇朝其雨。女子有行,远兄弟父母。
乃如之人也,怀昏姻也。大无信也。不知命也。

【品读】

蝃蝀(dì dōng),虹。据民间传说,彩虹不可用手去指,若指之,则手会腐烂,这应当是远古禁忌。隮(jī),升起。崇,终。崇朝,终朝也,指自天明至早餐时的一段时间。"朝隮于西,崇朝其雨"是一句古老的气象谚语,是说若清晨有雨,而彩虹出现于西方,则其雨很快会停。昏姻,即婚姻。

这是一首女子的爱情自述诗,表达了追求美好姻缘的决心。"蝃蝀在东",表明虽然家有禁忌,但我还是要远行;"朝隮于西",也是表明虽然家规很严,要令行禁止,但我仍然要远行。最后两句则直白地表明,像我这样的人,只是要追求美满姻缘。女儿已成人,无法听信父母之命。

| 入而无止 |

国家博物馆藏

相 鼠

相鼠有皮，人而无仪。人而无仪，不死何为？
相鼠有齿，人而无止。人而无止，不死何俟？
相鼠有体，人而无礼。人而无礼，胡不遄死？

【品读】

这是一首关于礼义廉耻的教化诗。相，看也。止，耻也。俟（sì），等待。遄（chuán），速也。诗中借鼠作喻，谓看那老鼠有皮、有齿、有四肢便可，但人仅有这些还不够，若人无仪、无耻、无礼，就如同老鼠一样，不如去死。

| 如切如磋 |

南京博物院藏

淇 奥

瞻彼淇奥，绿竹猗猗。有匪君子，如切如磋，如琢如磨。
瑟兮僩兮，赫兮咺兮。有匪君子，终不可谖兮。
瞻彼淇奥，绿竹青青。有匪君子，充耳琇莹，会弁如星。
瑟兮僩兮，赫兮咺兮。有匪君子，终不可谖兮。
瞻彼淇奥，绿竹如箦。有匪君子，如金如锡，如圭如璧。
宽兮绰兮，猗重较兮，善戏谑兮，不为虐兮。

【品读】

这是一首少女对如意恋人的爱情礼赞，发自肺腑的赞美，让我们读出少女心中灼热的爱。

瞻，望也。淇奥，淇水河畔。猗猗（yī），茂密。匪，即"斐"，文采飞扬。君子，主人公少女之恋人。切，磨制骨料。磋，磨制象牙。琢，磨制玉料。磨，磨制石料。如切如磋，如琢如磨，是说这位君子如同磨制过的玉石那么美好。瑟（sè），矜持。僩（xiàn），威严。赫，仪表堂堂。咺（xuān），豪爽。如此看来，这位君子已是完人，所以，无法忘怀。谖（xuān），忘记。

这一段的大意是说，远望淇水，绿竹成荫，有位君子，如美玉晶莹，矜持威严，豪爽儒雅，这位君子，让我无法忘怀。

下一段描述恋人的装束。琇（xiù），美玉。充耳，耳饰也。弁（biàn），皮帽。会，帽缝。充耳琇莹，是说耳边所饰美玉晶莹剔透。会弁如星，是说帽缝中点缀的美玉如繁星点点。

最后一段描述恋人的修养举止。箦（zé），竹席，此处形容竹丛茂密。如金如锡，形容其"锻炼之精纯"，亦即历经千锤百炼。如圭如璧，言其如美玉般温润，亦即儒雅温良。绰，心宽。宽兮绰兮，言其心胸豁达。猗（yǐ），通"倚"，依靠。重较，西周春秋时代卿大夫一类的贵族所乘之车。猗重较兮，言其风度如同立在重较上的贵族。虐，戏谑过分，无礼。善戏谑兮，不为虐兮，言其聪明诙谐但又很有节度。

| 独寐寤宿 |

国家博物馆藏

考　槃

考槃在涧，硕人之宽。独寐寤言，永矢弗谖。
考槃在阿，硕人之薖。独寐寤歌，永矢弗过。
考槃在陆，硕人之轴。独寐寤宿，永矢弗告。

【品读】

这是一首描绘隐士的诗篇。春秋社会处于剧变之中，一些不满或不能适应这种剧变的士子逃避现实，隐居于乡村深山，出现了中国古代最早的隐士，孔子周游列国时遇到的楚狂接舆、沮溺等人都是这样一类人物。

槃（pán），木盘，考槃，敲击木盘，这是描绘这位隐士敲击木盘，自得其乐的状态。硕，宽大。硕人，可视为心胸宽大之人，亦即达人。寐，睡着。寤，醒来。矢，誓。谖（xuān），忘记。此段大意为：山涧之中，叮叮当当的叩盘声，让我们知道达人心胸之豁达。独眠独醒，自言自语，这种境界永不会忘记。

后两段句式相同。阿，山麓。薖（kē），淡泊也。过，过去。弗过，不愿过去，愿长此以往。陆，平阔高地。轴，往复，引申为简单、朴素。寤宿，醒后仍卧床也。告，告知他人。永矢弗告，永不愿把这乐趣告之世人。前人曾以陶渊明"只可自怡悦，不堪持寄君"之句解读此意。

| 秋以为期 |

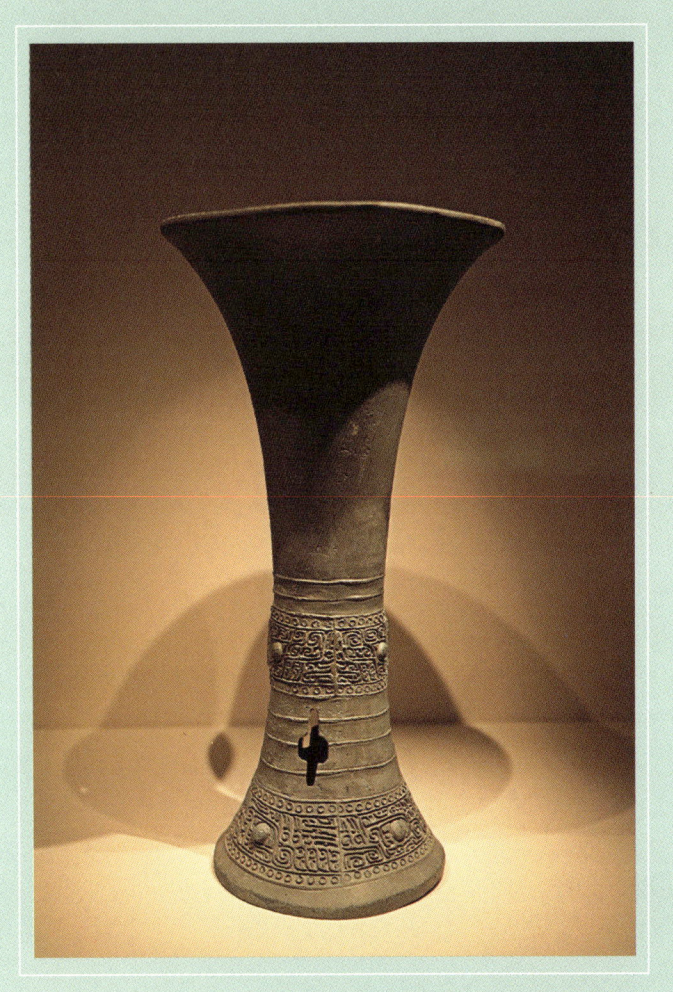

国家博物馆藏

氓

氓之蚩蚩，抱布贸丝。匪来贸丝，来即我谋。送子涉淇，至于顿丘。匪我愆期，子无良媒。将子无怒，秋以为期。

乘彼垝垣，以望复关。不见复关，泣涕涟涟。既见复关，载笑载言。尔卜尔筮，体无咎言。以尔车来，以我贿迁。

桑之未落，其叶沃若。于嗟鸠兮，无食桑葚；于嗟女兮，无与士耽。士之耽兮，犹可说也；女之耽兮，不可说也。

桑之落矣，其黄而陨；自我徂尔，三岁食贫。淇水汤汤，渐车帷裳。女也不爽，士贰其行。士也罔极，二三其德。

三岁为妇，靡室劳矣；夙兴夜寐，靡有朝矣。言既遂矣，至于暴矣。兄弟不知，咥其笑矣。静言思之。躬自悼矣。

及尔偕老，老使我怨。淇则有岸，隰则有泮。总角之宴，言笑晏晏，信誓旦旦，不思其反。反是不思，亦已焉哉！

【品读】

这是一则关于婚姻与家庭的写实诗篇。

全诗共六段。第一段讲两人相识相恋。氓（méng），普通百姓，此指男主人公。蚩（chī）蚩，憨厚貌。匪，即非。愆（qiān），延误。将（qiāng），请求。

| 雁室劳矣 |

国家博物馆藏

这一段的大意如下：憨态可掬的他，抱着布匹来换丝，其实并非来换丝，而是找我谋划我们的姻缘。送行一程又一程，渡过淇水，到达顿丘，仍是依依不舍。从那以后，久久没有结果，不是我的延误，而是你未找到好媒人。请你不必急躁，咱们约定秋天吧！

第二段讲男主人公迎娶女主人。垝（guǐ），破败、残颓。垣，墙垣。复关，层层门户，此喻男子深居重门，难以相见。体，卦相，占卜结果。咎言，不吉之言。贿，聘财、聘礼。迁，迎娶。

这一段的大意如下：攀上残垣断壁，眺望重门中的你，眺望不到，泪流涕横，能够相见，则欢笑畅言。你去占卜求签，卜相上没有不吉之辞。牵着你的牛车，载着你的财宝，来迎娶你的女人吧！

第三段是女主人公带有悔意的感叹，有倒叙之意。沃若，鲜艳。于嗟，叹词。鸠，一种类似于山雀的鸟，传说此鸟食桑葚多时可醉。耽，沉溺于欢乐，此指相恋。说，解脱。

这一段的大意如下：桑葚未落，桑叶鲜艳。那些鸠鸟，勿食桑葚；那些少女，勿与男子相恋。男子陷于其中，犹可解脱；少女陷于其中，无法解脱。

第四段讲述女主人公嫁后的家庭不幸，以及女主人公最终回到娘家的过程。徂（cú），往也。汤汤，水势浩大。渐，浸湿。帷裳，车幔。爽，差错。罔极，无准则，多变。

这一段的大意如下：桑葚陨落，由黄枯而来；自我嫁至，三年贫困。淇水滔滔，浸湿了我回转娘家的车幔。其中原因，并非在我，而是他言行不一。更可恨者，是他的感情不能持久，已经对我三心二意。

第五段讲述女主人公在夫家的遭遇。靡，无。室，家室。夙（sù），早。兴，起床。咥（xì），嗤笑。

这一段的大意如下：三年为妇，从不抱怨家中劳作之辛苦，早起晚睡，未有一朝一夕的闲暇。两人的约定既已实现，他却对我横施暴虐。我的兄弟怎能知情，总是嗤笑我的归来。静而思之，实可痛心。

第六段是对这段婚姻的小结。隰（xí），河水名；泮（pàn），畔。总角，女子未成年时不用笄发，只需挽发束起便可，所束之发类似于后世之辫子，称总角。宴，欢乐。晏晏，柔和。旦旦，诚恳之貌。

这一段的大意如下：本要与你偕老，谁料你的作为使我越来越怨愤。淇水再宽也有岸，隰水再广也有畔。我却不曾知道这一道理，年少时的欢娱、温柔快乐、信誓旦旦，从未想过会反复，会到头。唉，既然从未想到会如此，就这样吧！

| 远莫致之 |

上海博物馆藏

竹　竿

籊籊竹竿，以钓于淇。岂不尔思，远莫致之。
泉源在左，淇水在右；女子有行，远兄弟父母。
淇水在右，泉源在左；巧笑之瑳，佩玉之傩。
淇水滺滺，桧楫松舟。驾言出游，以写我忧。

【品读】

这是一首少女写给恋人的情诗。

籊（tì）籊，修长之貌。泉源，即百泉河，是淇水的支流。瑳（cuō），玉之洁白，此指少女笑口之白齿。傩（nuó），步履婀娜也。佩玉，亦形容仪态之美。滺（yóu）滺，水流之貌。桧（guì）楫松舟，桧木船桨松木舟。写，泻也，此指抒发。忧，忧思。

诗的大意如下：钓竿修长，垂钓淇水。怎不思念，路远难致。泉源在左，淇水在右；我要出行，远离父母兄弟。淇水在右，泉源在左；粲然而笑，洁齿如玉，佩玉之身，婀娜多姿。淇水哗哗，桧楫松舟。驾舟出游，抒我忧思。

| 谁谓宋远 |

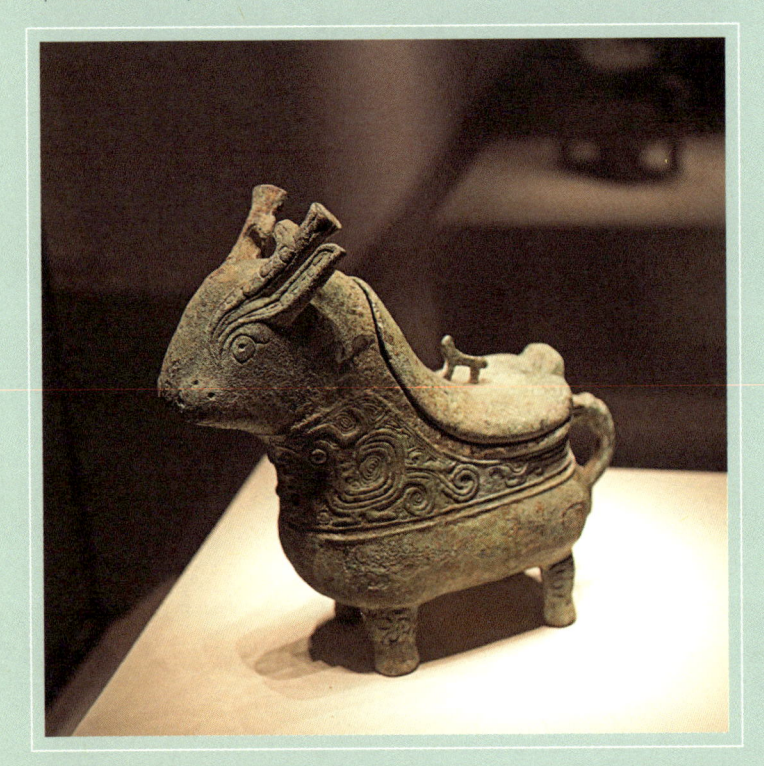

国家博物馆藏

河　广

谁谓河广？一苇杭之。谁谓宋远？跂予望之。
谁谓河广？曾不容刀！谁谓宋远？曾不崇朝！

【品读】

这是一首思乡曲，简洁明快，扣人心扉。

河，特指黄河。苇，苇叶。杭，即航。跂（qí），企望。刀，小舟。崇朝，即终朝，早饭前的一段时间。

春秋时代，宋国与卫国隔黄河相望，本诗当是一位流落卫国的宋人所作。谁说黄河宽广？一片苇叶就可渡过。谁说宋国遥远？翘起脚跟就可看到。谁说黄河宽广？连一只小船都难容下！谁说宋国遥远，如果可以，早饭前我就可以到达。

有家难回的急切与无奈，尽现诗中。

| 有狐绥绥 |

南京博物院藏

有　狐

有狐绥绥，在彼淇梁；心之忧矣，之子无裳。
有狐绥绥，在彼淇厉；心之忧矣，之子无带。
有狐绥绥，在彼淇侧；心之忧矣，之子无服。

【品读】

这是一首单纯描写野狐的诗篇，句式复迭，但充满关爱。

有只野狐，在淇水堤上从容独行；我心所忧，它没有衣裳。
有只野狐，在淇水渡口从容独行；我心所忧，它没有衣带。
有只野狐，在淇水岸边从容独行；我心所忧，它没有衣服。

绥绥，从容缓行之貌。梁，河堤。裳，下衣。厉，渡口。带，衣带。服，上衣。

以往的注释家多将此诗中的野狐解为无妻的男子，诗意则为女子求偶。大可不必。

| 报之以琼琚 |

南京博物院藏

木　瓜

投我以木瓜，报之以琼琚。匪报也，永以为好也。
投我以木桃，报之以琼瑶。匪报也，永以为好也。
投我以木李，报之以琼玖。匪报也，永以为好也。

【品读】

　　这是一首青年男女的爱情誓约。琼琚、琼瑶、琼玖都是美玉，作者意在表明，你送我木瓜，我回报美玉，既表明我的诚心，又表明这并非只是回报，而是要永结同好。

| 行迈靡靡 |

国家博物馆藏

黍 离

彼黍离离,彼稷之苗。行迈靡靡,中心摇摇。知我者,谓我心忧,不知我者,谓我何求。悠悠苍天,此何人哉?
彼黍离离,彼稷之穗。行迈靡靡,中心如醉。知我者,谓我心忧,不知我者,谓我何求。悠悠苍天,此何人哉?
彼黍离离,彼稷之实。行迈靡靡,中心如噎。知我者,谓我心忧,不知我者,谓我何求。悠悠苍天,此何人哉?

【品读】

这是一篇故国沧桑之歌。春秋时代,一位行者路经西周王朝的故都丰镐一带,看到残垣断壁之中,黍稷遍地,想到昔日的繁盛如同过眼云烟,心中泛起无限苍凉,忍不住一遍一遍地发问:为何?为何?

黍(shǔ)、稷(jì),均为粟类谷物。离离,茂盛之貌。行迈,不停行走。靡靡,缓缓行走。中心,心中也。此何人哉,这是为何?这是何人所为?噎(yē),哽咽,言心情之沉重。

| 君子于役 |

国家博物馆藏

君子于役

君子于役,不知其期,曷至哉?鸡栖于埘,日之夕矣,羊牛下来。君子于役,如之何勿思!

君子于役,不日不月,曷其有佸?鸡栖于桀,日之夕矣,羊牛下括。君子于役,苟无饥渴。

【品读】

这是一首思夫曲。丈夫远行服役,不知归期,妻子天天看到牛羊鸡马都能如期入室,不由心中感叹。全诗朴实无华,集思念牵挂于一身,颇为耐读。

于役,服徭役。曷至哉,何时可回?埘(shí),凿墙洞而设的鸡窝。不日不月,不知何日何月。佸(huó),相见也。曷其有佸,何时相见。桀(jié),木桩。括,至也,返回。苟无饥渴,且无饥渴;实际是一种祈求,但愿夫君无饥无渴。

| 君子阳阳 |

宝鸡青铜器博物馆藏

君子阳阳

君子阳阳，左执簧，右招我由房。其乐只且！
君子陶陶，左执翿，右招我由敖。其乐只且！

【品读】

这是一首欢乐颂。朱熹认为，其作者是上一首《君子于役》的女主人公，丈夫远行归来，夫妻团圆之乐充溢内外。

阳阳，洋洋得意之状。簧，笙竽一类的乐器。由，到。由房，到房中。只且，语助词。陶陶，喜笑颜开之貌。翿（dào），牛尾或羽毛，作为舞蹈时的道具。敖，舞位。由敖，到舞位同我一起跳舞。

| 不与我戉申 |

南京博物院藏

扬之水

扬之水，不流束薪；彼其之子，不与我戍申。怀哉怀哉！曷月予还归哉？

扬之水，不流束楚；彼其之子，不与我戍甫。怀哉怀哉！曷月予还归哉？

扬之水，不流束蒲；彼其之子，不与我戍许。怀哉怀哉！曷月予还归哉？

【品读】

这是一位远戍他乡武士的思归之作。

扬之水，悠扬平缓的河水。束薪，成捆的薪柴。楚，谓荆条。蒲，谓蒲草。作者以此喻夫妻。第一段大意是：平缓之河水自然无法带走束薪，我的家妻也无法伴我戍守，怀念无限，不知何月我才能回家？曷，何也。予，我。申、甫、许均为春秋时代的小国名，在今河南南部。第二、三段句式、意思均与第一段相同。

| 一日不见如三秋兮 |

国家博物馆藏

采 葛

彼采葛兮，一日不见，如三月兮！
彼采萧兮，一日不见，如三秋兮！
彼采艾兮，一日不见，如三岁兮！

【品读】

这是一首恋歌，诉说情人之间一日不见，如隔三秋的感受；一咏三叹，质朴之中透出浓烈的相思之情。

葛，葛条，其皮可织成葛布。萧，芦荻，用于祭祀。艾，艾草，用于灸疗。采葛、采萧、采艾，用以起兴，带出本义。三秋，古人将七、八、九三个月定为秋季，分别是孟秋、仲秋、季秋，三秋亦即整个秋天。三岁，三年也。

| 遵大路 |

国家博物馆藏

遵大路

遵大路兮，掺执子之祛兮，无我恶兮，不寁故也。
遵大路兮，掺执子之手兮，无我丑兮，不寁好也。

【品读】

这是一首古怨歌。一位并无过错的女子，被丈夫送回娘家，走在大路上，拉着丈夫的衣袖，不住地哀求，我无过错，不要这么快就忘却旧情；又拉着丈夫的手，继续哀求，我并不丑，不要这么快就忘却我们的情好。

场景历历，如在眼前，令人酸楚。

遵，遵循，即沿着大路前行。掺（shǎn），执也。祛（qū），袖口。无我恶，我无恶。寁（zǎn），速也。

| 与子偕老 |

南京博物院藏

女曰鸡鸣

女曰鸡鸣,士曰昧旦。子兴视夜,明星有烂。
将翱将翔,弋凫与雁。

弋言加之,与子宜之。宜言饮酒,与子偕老。
琴瑟在御,莫不静好。

知子之来之,杂佩以赠之。知子之顺之,杂佩以问之。
知子之好之,杂佩以报之。

【品读】

这是一幅美满家庭的白描诗。两千多年前的黎明,一个普通的平民家中,妻子说:"鸡叫了。"丈夫说:"天还没有亮。"妻子对丈夫劝勉道:"你起来看看夜空,启明星已灿烂闪烁,野鸭与大雁也将要翱翔,还不快去把它们射下。我为你烹制美味,美酒佳肴,琴瑟和乐,与你一同变老。"看到丈夫还是不肯起床,妻子又说:"你所请来的人,我会以玉佩相赠。你所亲近的人,我也会以玉佩相赠。你所喜欢的人,我还会以玉佩相赠。"这样一来,不知这位丈夫是否会应声而起。

昧旦,天亮之前的一段时间。明星,即启明星。兴,起身。烂,星光灿烂。弋(yì),用丝绳系在箭头射出。凫(fú),野鸭。言,语助词。加之,射中猎物。宜之,调制滋味适中。御,弹拨。来之,即使来之,亦即请来的人。杂佩,左右均佩玉称杂佩。问、报,赠送。

| 将翱将翔 |

宝鸡青铜器博物馆藏

有女同车

有女同车,颜如舜华。
将翱将翔,佩玉琼琚。
彼美孟姜,洵美且都。
有女同行,颜如舜英。
将翱将翔,佩玉将将。
彼美孟姜,德音不忘。

【品读】

这是一则社会风情诗。一位男子对同车中的美女赞赏不已,写下这样一段诗篇。

舜,木槿。舜华,木槿花。将翱将翔,言车行之快,如翱翔而飞。琼、琚,均为美玉之一种。孟姜,美女之名。洵(xún),确实,实在。都,优雅。洵美且都,实在是美丽优雅。舜英,也是木槿花。将将,通"锵锵",佩玉碰撞发出的声响。德音不忘,谓此美女的声音难以忘怀。

| 隰有游龙 |

宝鸡青铜器博物馆藏

山有扶苏

山有扶苏，隰有荷华；不见子都，乃见狂且。
山有桥松，隰有游龙；不见子充，乃见狡童。

【品读】

这是一位赴约的女子对意中人的戏谑之言。扶苏，一种小树。隰，湿地。荷华，荷花。子都，美男子。狂且，狂人也。且，语助词。桥松，即乔松，高大挺拔之松。游龙，此指一种名为红草的水草，可攀附树干而生，长可丈余。游，谓枝叶蔓延之状。子充，同子都，亦指美男子。狡童，顽童。

大意如下：山有扶苏，下有荷花；不见美男，却见到你这个狂人！山有乔木，下有游龙；不见美男，却见到你这个顽童。

一嗔一谑之中，尽现对意中人的爱怜。

| 莽兮莽兮 |

国家博物馆藏

萚兮

萚兮萚兮！风其吹女。叔兮伯兮，倡予和女。
萚兮萚兮！风其漂女。叔兮伯兮，倡予要女。

【品读】

这是一首上古惜春诗。一位年轻女子看到黄叶飘落，生出无限感慨，主动要去寻觅自己的意中人。

萚（tuò），将要黄落之树叶。风其吹女，女即汝，此谓黄叶。叔、伯此处均谓男子。予，即我，倡予，即予倡，我要如何，女，此谓叔与伯。和，好合，成姻缘也。漂，即飘。要女，同"和女"。

| 不与我食兮 |

国家博物馆藏

狡　童

彼狡童兮，不与我言兮。维子之故，使我不能餐兮。
彼狡童兮，不与我食兮。维子之故，使我不能息兮。

【品读】

狡童是痴情女子对心爱恋人的爱称，看来，这位狡童与女主人公分手了，所以，女主人公心情抑郁地咏叹道：你不与我说话，使我不思饮食；你不与我共餐，使我不能入寐。维子之故，就是你的原因。

朱熹另有一解，他认为，这是女主人公"见绝而戏其人之词。言悦己者众，子虽见绝，未至于使我不能餐也。"按此解，则诗义应为："你不再理会我，但喜欢我的大有人在，你以为是你的原因，让我寝食难安吗？"这一解，应当更合乎诗的原意。

| 岂无他人 |

国家博物馆藏

褰 裳

子惠思我，褰裳涉溱。
子不我思，岂无他人？狂童之狂也且！
子惠思我，褰裳涉洧。
子不我思，岂无他士？狂童之狂也且！

【品读】

这是一位女子对意中人的戒勉诗，无半点礼数的束缚，率真可爱。

惠，爱也。褰（qiān）裳，撩起下衣。溱（zhēn）、洧（wěi），均为春秋时代郑国境内的河流。且，语助词。士，男子未婚者。

诗的大意是：你若爱我想我，我就撩起衣裳渡过溱水去找你。你若不想我，岂无他人想我？你这个狂童就去狂吧！

下一段句式大意相同。

| 风雨如晦 |

国家博物馆藏

风　雨

风雨凄凄，鸡鸣喈喈。既见君子，云胡不夷？
风雨潇潇，鸡鸣胶胶。既见君子，云胡不瘳？
风雨如晦，鸡鸣不已。既见君子，云胡不喜？

【品读】

这是一首激情四溢的爱情诗。一位少女为了与心上人天长地久，在风雨凄凄、鸡鸣不已的黎明悄然出行，虽艰难困苦，但一想到将要见到的君子，也就是其心上人，一切困厄都不在话下。

喈（jiē）喈，鸡叫声。胶胶，也是鸡叫声。夷，平也，此指安心、安定。云胡不夷，怎么还会不安心。瘳（chōu），病愈康复。晦（huì），昏暗。云胡不瘳、云胡不喜与云胡不夷句式相同，意为"怎么还会不康复"、"怎么还会不高兴"。

| 挑兮达兮 |

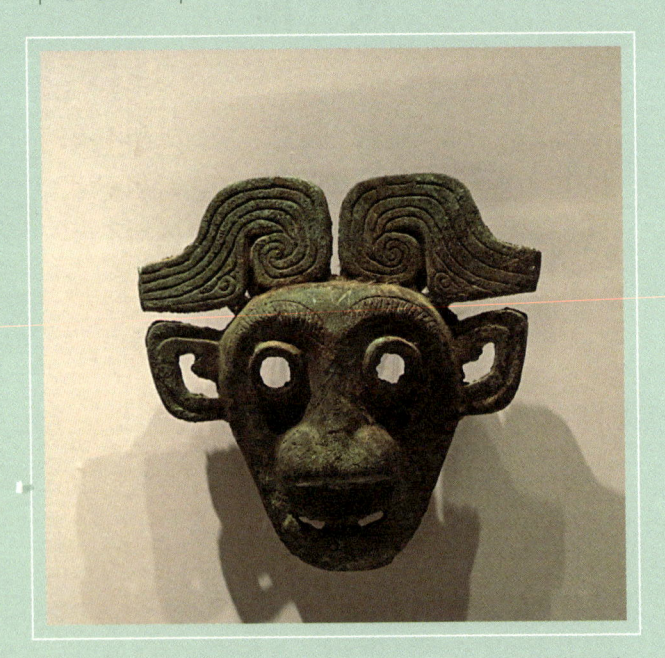

河南博物院藏

子　衿

青青子衿，悠悠我心。纵我不往，子宁不嗣音？
青青子佩，悠悠我思。纵我不往，子宁不来？
挑兮达兮，在城阙兮。一日不见，如三月兮。

【品读】

　　这是一首热恋中的女子写给心上人的嗔怪书。一方面，告诉心上人，你时刻被我思念牵挂；另一方面，又责怪他："我不主动找你时，你为何不能主动地通个音信或来看我一下，在一起的时光那么美好，让人一日不见，如隔三秋。"

　　子，青年男子之美称。衿（jīn），衣领。青青，纯绿色。纵，即使。宁，难道。嗣（sì），给，寄。音，音信。佩，佩带佩玉的绶带。挑，轻佻。达，放肆。挑兮达兮，形容两人在一起的美好感受。城阙，城门边。

| 人实迀女 |

西安博物馆藏

扬之水

扬之水，不流束楚；终鲜兄弟，维予与女。
无信人之言，人实迋女。

扬之水，不流束薪；终鲜兄弟，维予二人。
无信人之言，人实不信。

【品读】

扬之水，平缓、悠扬之河流。束楚、束薪，都指成捆的柴草。鲜，缺少，又可指没有。予，我。迋（kuáng），即诳，欺骗。

本诗大意为：悠扬的河水，漂不走成捆的柴草；我一直缺少兄弟，只有我和你。不要信他人之言，那是在骗你。悠扬的河水，漂不走成捆的柴草；我一直缺少兄弟，只有我和你。不要信他人之言，那些人实在不可信。

主人公以扬之水，不流束楚作比，喻两人一心，可抵御一切流言。其中真挚，令人感怀。

| 出其东门 |

陕西省博物馆藏

出其东门

出其东门,有女如云。
虽则如云,匪我思存。
缟衣綦巾,聊乐我员。

出其闉阇,有女如荼。
虽则如荼,匪我思且。
缟衣茹藘,聊可与娱。

【品读】

这是一位男子对恋人忠心不二的表白诗。

缟(gǎo)衣,素色衣服。綦(qí)巾,青色头巾。此两者均为贫穷人家女子所服。员,语助词。闉(yīn),外城,又称曲城。阇(dū),城台。荼(tú),茅花,轻白可爱。且,语助词。茹藘(rú lǘ),即茜草,可作绛色染料,此处指绛色头巾。

诗的大意如下:步出东门,美女如云。虽则如云,非我所思。素衣青巾,足以同乐。步出外城,美女如荼。虽则如荼,非我所思。素衣绛巾,足以同欢。

素衣青巾与素衣绛巾指的都是男主人公贫穷朴素的恋人。

| 婉如清扬 |

陕西省博物馆藏

野有蔓草

野有蔓草，零露漙兮。
有美一人，清扬婉兮。
邂逅相遇，适我愿兮。

野有蔓草，零露瀼瀼。
有美一人，婉如清扬。
邂逅相遇，与子偕臧。

【品读】

这是一对有情人邂逅时的写照。

蔓草，茂盛之草丛。漙（tuán），形容露水之多。清扬婉兮，眉清目秀，美色婉然。适我愿兮，随我愿。瀼（ráng）瀼，形容露水之多。臧（zāng），欢乐、高兴；偕臧，共同欢乐。

诗的大意如下：芳草萋萋的郊野，飘零而下的露珠层层叠叠。有位美人，眉目清秀。邂逅相遇，真是如我所愿。芳草萋萋的郊野，飘零而下的露珠层层叠叠。有位美人，眉目清秀。邂逅相遇，与你共享欢乐。

| 洵訏且乐 |

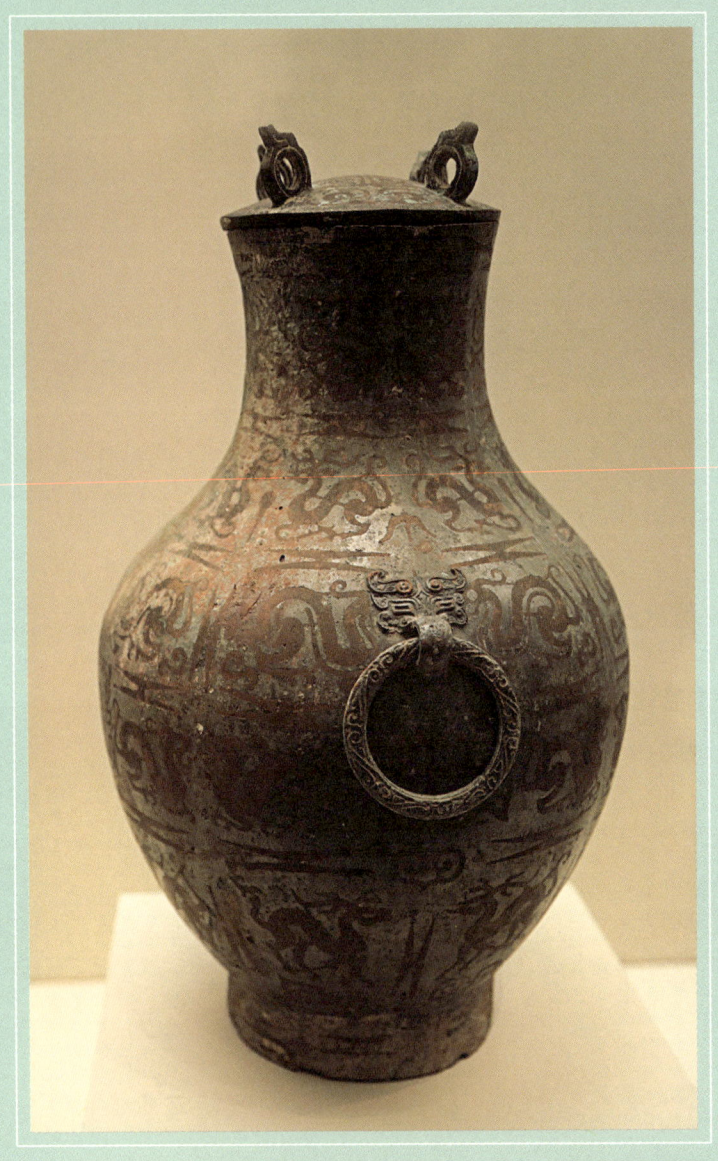

国家博物馆藏

溱　洧

溱与洧，方涣涣兮；士与女，方秉蕳兮。
女曰观乎？士曰既且。且往观乎？
洧之外，洵訏且乐。维士与女，伊其相谑，赠之以勺药。
溱与洧，浏其清矣；士与女，殷其盈矣。
女曰观乎？士曰既且。且往观乎？洧之外，洵訏且乐。
维士与女，伊其将谑，赠之以勺药。

【品读】

这是一首三月三的民间风情诗。三月为季春，江河融化，万物复苏，季春的第一个阳日三月三，又称上巳，古人有到水边沐浴、祭祀之俗，以去除一个冬季的宿垢与晦气，而这一时日，也成了青年男女相聚相乐，相悦相恋的节日，本诗就是以一对士女为题，对这一节日的真实写照。

溱（zhēn）、洧（wěi），郑国的两条河名，该诗的地点当在两河交汇处。涣涣，河冰融解春水浩洋之貌。士，男子。蕳（jiān），兰草，秉蕳，手持兰草。郑国之俗，三月三在水边采集兰草，放到家中，可祛除不祥。既，有过，已经。且，语助词。洵（xún），实在是。訏（xū），宽阔。维、伊，均为发语词，无实义。浏，水流清澈之貌。殷、盈，均指众多，此谓游人之众。

诗的大意如下：溱河洧河，春水浩洋，一对少男少女，正采集兰草。少女看着河畔的热闹场面，说，去看看吧。少年答道，我已去过。少女坚持道：还是去看看吧！洧河之畔，的确是宽阔快乐的世界，少男少女，也投入欢乐之中，互相戏谑，又以芍药相赠。

溱河洧河，高深清澈，河畔的男女，人声鼎沸。少女说：去看看吧。少年却说，我已去过。少女坚持：还是去吧！洧河之畔，的确是宽阔快乐的世界。少男少女，也投入欢乐之中，互相戏谑，又互赠芍药，以表衷情。

| 朝既盈矣 |

国家博物馆藏

鸡 鸣

鸡既鸣矣,朝既盈矣。匪鸡则鸣,苍蝇之声。
东方明矣,朝既昌矣。匪东方则明,月出之光。
虫飞薨薨,甘与子同梦。会且归矣,无庶予子憎!

【品读】

这是发生在朝臣家中的一段轶事。丈夫在朝为官,黎明不肯起身,妻子再三规劝,要其按时上朝,妻子与丈夫一问一答,写得极其生动,惟妙惟肖,就是一出活报剧。

盈,人已满。昌,昌盛,此处同"盈",也是指朝中已都是人。薨(hōng)薨,象声词,形容虫飞之声。会,朝会。无庶予子憎,即庶无憎予子,意为希望不要憎恶你。

诗的大意是:

妻:鸡叫了,朝堂之上已站满了人。快快起床。

夫:不是鸡叫,是苍蝇之声。

妻:东方已明,朝堂已济济一堂了。快快起床。

夫:不是东方已明,而是月出之光。

妻:外面虫儿唧唧,我当然也想与你同眠共梦。但是,朝会就要散了,只希望君主不要憎恶你。

说到这儿,估计这位朝臣会起床上朝了。

| 在我室兮 |

国家博物馆藏

东方之日

东方之日兮；彼姝者子，在我室兮。在我室兮，履我即兮。
东方之月兮；彼姝者子，在我闼兮。在我闼兮，履我发兮。

【品读】

这是一位男子对美丽妻子的深情白描。

东方之日与东方之月，都是借喻其妻之美丽。姝（shū），美女。履我，跟着我。即，靠近。闼（tà），房门，此指房门之内，即室中。发，启动脚步。履我发，即紧随我的左右。

| 颠倒衣裳 |

上海博物馆藏

东方未明

东方未明,颠倒衣裳。颠之倒之,自公召之。
东方未晞,颠倒裳衣。倒之颠之,自公令之。
折柳樊圃,狂夫瞿瞿。不能辰夜,不夙则莫。

【品读】

这是一位受制于贵族的平民发出的无奈感叹。

衣为上衣,裳为下衣。公即主公,贵族家长。晞(xī),天蒙蒙发亮之时。樊圃,编织保护园圃的樊篱。瞿(jù),惊慌。辰夜,早晨和夜晚。夙(sù),早晨。莫(mù),即"暮"。

诗的大意如下:东方未明,急急忙忙起身,衣裳都穿倒了。如此颠倒衣裳,就是因为主公召我。东方刚刚放亮,又急急忙忙起身,衣裳都穿倒了。如此颠倒衣裳,就是因为主公又在号令我。折下柳条,编成樊篱,尚能令狂夫惊慌,不敢轻易越过。而我的主公为何没有昼夜的界限,不是令我早起就是令我晚睡!

| 行与子还兮 |

国家博物馆藏

十亩之间

十亩之间兮,桑者闲闲兮,行与子还兮。
十亩之外兮,桑者泄泄兮,行与子逝兮。

【品读】

西周春秋时代,实行井田制,普通平民每户可分配百亩农田,另有十亩"场圃",可种桑麻蔬菜,诗中的"十亩之间"就是指此田。

闲闲,轻松舒适之貌。泄泄,同"闲闲"。诗的大意如下:十亩之间,采桑的人正悠然自得,莫急,就和你一道回去。十亩之外,采桑的人正悠然自得,莫急,马上就和你走了。

采桑者为少女。子,指少年。

| 不狩不猎 |

上海博物馆藏

伐　檀

坎坎伐檀兮，寘之河之干兮。河水清且涟猗。不稼不穑，胡取禾三百廛兮？不狩不猎，胡瞻尔庭有县貆兮？彼君子兮，不素餐兮。

坎坎伐辐兮，寘之河之侧兮。河水清且直猗。不稼不穑，胡取禾三百亿兮？不狩不猎，胡瞻尔庭有县特兮？彼君子兮，不素食兮。

坎坎伐轮兮，寘之河之漘兮。河水清且沦猗。不稼不穑，胡取禾三百囷兮？不狩不猎，胡瞻尔庭有县鹑兮？彼君子兮，不素飧兮。

| 不素飤鼎 |

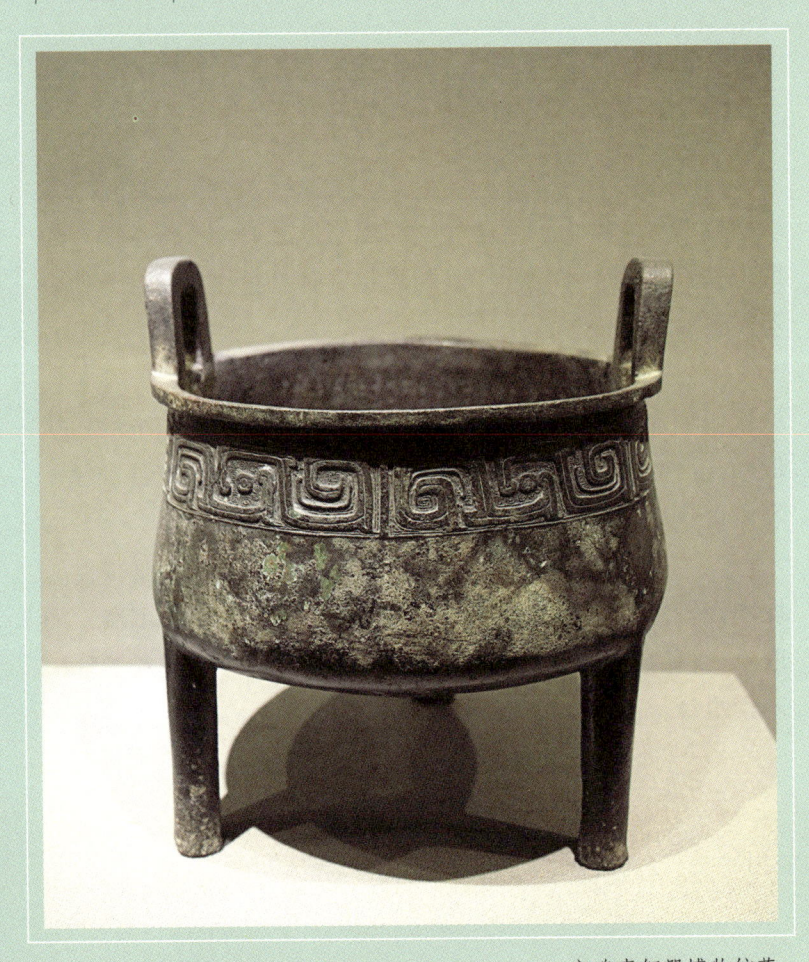

宝鸡青铜器博物馆藏

【品读】

这是最古老的一曲劳动歌谣,也是伐木者对不劳而获者的抗议,颇具民主精神。

全诗共三段。先看第一段:坎坎,伐木之声;檀木坚硬,可做车轮,此处所伐之檀即用于制造车轮。寘(zhì),即"置";河之干即河之岸。稼、穑(sè),耕种与收获。胡,为何。廛(chán),百亩之田,此为泛指,言其多。县貆(huán),悬挂着的獾。素餐,不劳而获,不自食其力。

这段诗的大意如下:

坎坎伐檀,放到大河之岸。河水清澈,泛着涟漪。那些君子,不耕不种,为何还要获得那么多的粮食?那些君子,不去狩猎,为何看到他的庭院中悬挂着獾貉?那些君子,真不是不劳而获?

再读第二段:辐,车轮中的辐条。直猗,水波平畅。亿,古人以十万为亿,此处为虚指,言其多也。特,兽三岁为特,此指较大的野兽。素食,同"素餐"。

这段诗的大意如下:

坎坎伐檀,制作车辐,放到大河之侧。河水清澈平缓。不耕不种,为何还要获得那么多的粮食?不去狩猎,为何看到他的庭院中悬挂着那么大的猎物?那些君子,真不是不劳而获?

最后一段句式同上。漘(chún),河岸。沦猗,旋转的波纹。囷(qūn),粮仓,三百囷也是极言其多。鹑,鹌鹑。飧(sūn),晚饭,又可泛指饮食。

这一段大意如下:

坎坎伐檀,制作车轮,放到大河岸边。河水清澈,波浪盘旋。不耕不种,为何还要获得那么多粮食?不去狩猎,为何看到他的庭院中挂着那么多的飞禽?那些君子,真不是不劳而获?

| 适彼乐土 |

南京博物院藏

硕 鼠

硕鼠硕鼠！无食我黍！三岁贯女，莫我肯顾。
逝将去女，适彼乐土。乐土乐土！爰得我所。
硕鼠硕鼠！无食我麦！三岁贯女，莫我肯德。
逝将去女，适彼乐国。乐国乐国！爰得我直！
硕鼠硕鼠！无食我苗！三岁贯女，莫我肯劳。
逝将去女，适彼乐郊。乐郊乐郊！谁之永号？

【品读】

西周春秋时代，列国纷争，在争夺土地的同时，也注重对人口的争夺与吸引，一些国家的君主若对百姓苛政暴敛，剥削无度，百姓们便会逃到环境相对好一些的国家，本诗就是一位无法忍受国君暴政的百姓要逃往他国的自白。

硕鼠，肥大之鼠。三岁，谓时间之久。贯，服从、侍奉。贯女，习惯于你，即习惯于在你的统治下。适，到。乐土，快乐幸福的地方，后面的乐国、乐郊均为此义。爰得我所，于是得到我所想要的地方。逝，离开。去女，离你而去。莫我肯顾，不肯关心我。莫我肯德，意为不肯给我仁德。莫我肯劳，意为不肯给我酬劳，让我白白辛苦。爰得我直，于是要到我所适合的地方。直，适宜。永号，长泣，长号。

诗的大意如下：

硕鼠硕鼠，莫食我黍！常年侍奉你，你却不肯顾及我。我去也，要离你而去，到那乐土。乐土乐土，那才是我的理想之地。

硕鼠硕鼠，莫食我麦！常年侍奉你，你却不肯有德于我。我去也，要离你而去，到那乐国。乐国乐国，那就是我的适宜之地。

硕鼠硕鼠，莫食我苗！常年侍奉你，你却不肯给我酬劳。我去也，要离你而去，到那乐郊。乐郊乐郊，谁还会号泣不止？

| 岁聿其莫 |

河南博物院藏

蟋 蟀

蟋蟀在堂，岁聿其莫。今我不乐，日月其除。
无已大康，职思其居。好乐无荒，良士瞿瞿。
蟋蟀在堂，岁聿其逝。今我不乐，日月其迈。
无已大康，职思其外。好乐无荒，良士蹶蹶。
蟋蟀在堂，役车其休。今我不乐，日月其慆。
无已大康，职思其忧。好乐无荒，良士休休。

【品读】

这是一位两千多年前普通平民的人生感悟，浅显之中，道出一种人生境界。

聿（yù），将要。莫，即"暮"。除，流逝。大康，大乐也。已，过分。职，本职，本分。居，应做之事。无荒，不要过度。瞿瞿，惊慌之貌，此处意为警觉，自警。

这一段的大意是：蟋蟀入我室中，行将年终岁末。若不及时行乐，时光会匆匆而去。不过，也不可过度享乐，还应想想自己的本职所在。好好享乐而不过度，真正的男人应当居安思危。

后二段句式意思基本相同，读懂难字后，意思自明。迈，流逝、行进。外，本职之外。蹶（jué）蹶，动而敏于事也，即敏捷迅速，实际上是表示惶惶不安。役车，平民所用劳作之车。慆（tāo），流逝。休休，安闲之貌，朱熹的解释是，乐而有节，所以安也。

| 子有酒食 |

河南博物院藏

山有枢

山有枢,隰有榆。子有衣裳,弗曳弗娄;子有车马,弗驰弗驱。宛其死矣,他人是愉。

山有栲,隰有杻。子有廷内,弗洒弗埽;子有钟鼓,弗鼓弗考。宛其死矣,他人是保。

山有漆,隰有栗。子有酒食,何不日鼓瑟?且以喜乐,且以永日。宛其死矣,他人入室。

【品读】

该诗也是写人生感悟,告诉世人要珍视生命,莫要荒废时日。

枢、榆,两种榆树。曳、娄,均指牵起衣裳,亦即穿着衣裳。宛,坐视。宛其死矣,亦即待其死也。愉,取,得到。栲(kǎo),臭椿树。杻(niǔ),檍树。廷,庭院。考,敲击。保,据有。漆,漆树。栗,栗子树。

本诗看似难读,但难在生僻字太多,生僻字一懂,则诗义自明。大意如下:

山上有枢,洼地有榆。你有衣裳,不穿不着;你有车马,不奔不驰。待到死时,他人所得。

山上有椿,洼地有杻。你有庭院,不洒不扫;你有钟鼓,不击不敲。待到死时,他人据有。

山上有漆,洼地有栗。你有酒食,为何不终日击鼓鸣瑟?享乐终日。待到死时,他人会入你家中。

| 蕃衍盈升 |

宝鸡青铜器博物馆藏

椒　聊

椒聊之实，蕃衍盈升；彼其之子，硕大无朋。椒聊且，远条且。
椒聊之实，蕃衍盈匊；彼其之子，硕大且笃。椒聊且，远条且。

【品读】

这是一位青年农夫赞美意中人的情诗，率真可爱。

聊、且，均为语助词。蕃衍，即繁衍，言花椒之茂盛。盈升，满升，升是古代容器，又是量器。匊，即掬，一捧。笃，厚也。

诗的大意如下：

花椒树上的椒粒，密密麻麻，可采满一升；那位姑娘，身宽无比。花椒啊，伸出的枝条啊。

花椒树上的椒粒，密密麻麻，可采满一捧；那位姑娘，身宽体胖。花椒啊，伸出的枝条啊。

对于结尾的"椒聊且，远条且"的含义，朱熹认为："叹其枝远而实繁盛也，此不知其所知。"从诗的主体意思看，椒聊且，应当是感叹意中人之美丽；远条且，应当是感叹意中人不知是否可以接受他的心意，亦即他此时仍在求爱阶段。

| 今夕何夕 |

宝鸡青铜器博物馆藏

绸　缪

绸缪束薪，三星在天。今夕何夕？见此良人！子兮子兮，如此良人何！
绸缪束刍，三星在隅。今夕何夕？见此邂逅！子兮子兮，如此邂逅何！
绸缪束楚，三星在户。今夕何夕？见此粲者！子兮子兮，如此粲者何！

【品读】

这是一首男女恋歌，借主人公之口，道出恋人相见的惊喜。该诗的妙处是诗中主人公可理解为少年，也可理解为少女，是一首通用恋歌。

绸缪（chóu móu），缠绕捆绑。束薪，捆扎柴草；后文之束刍、束楚也均为捆扎柴草。诗人是以绸缪比喻心绪之缠绵，以束薪、束刍、束楚喻相思。三星，即心宿诸星，为二十八星宿之一，又称昴星，有七颗星组成，其中三颗最为明亮，所以，又称三星。良人，美人，好人，可指男，也可指女。户，窗户，古时门窗均向南开，三星在户，亦即三星已上到正南天中。粲（càn），美也。

诗的大意如下：缠缠绵绵捆起柴草，三星闪烁已上天边。今夕何夕？让我见到了你！你啊你啊，让我怎么爱你才好！缠缠绵绵捆起柴草，三星闪烁已上天空一角。今夕何夕？让我邂逅遇到你！你啊你啊，让我怎么爱你才好！缠缠绵绵捆起柴草，三星闪烁已在南天。今夕何夕？见到美人！你啊你啊，让我怎么爱你才好！

| 维子之故 |

宝鸡青铜器博物馆藏

羔裘

羔裘豹袪,自我人居居。岂无他人?维子之故。
羔裘豹褎,自我人究究。岂无他人?维子之好。

【品读】

此诗虽极为简单,但诗义不明,朱熹也感叹道:"此诗不知所谓,不敢强解。"不过,此诗句法工整,节奏感强,是《诗经》中的上品,姑且强为之解。

袪(qū),衣袂也,羔裘豹袪,羊羔皮制成的裘衣,配上豹皮衣袂,此系当时大夫所服。自我,穿在我身。居居,雍容气派。褎(xiù),衣袖也。究究,同"赳赳",威风凛凛。

春秋战国时代,贵族制开始瓦解,少数平民百姓凭借其才能已能步入官僚集团,诗的作者应当就是这么一位新贵,作诗以感谢提携者或举荐者。

全诗大意如下:

羔裘豹袪,穿戴在身气宇轩昂。难道没有其他人选吗?之所以有今天,都是你的原因。

羔裘豹袪,穿戴在身威风凛凛。难道没有其他人选吗?之所以有今天,都是你的眷顾。

| 所谓伊人 |

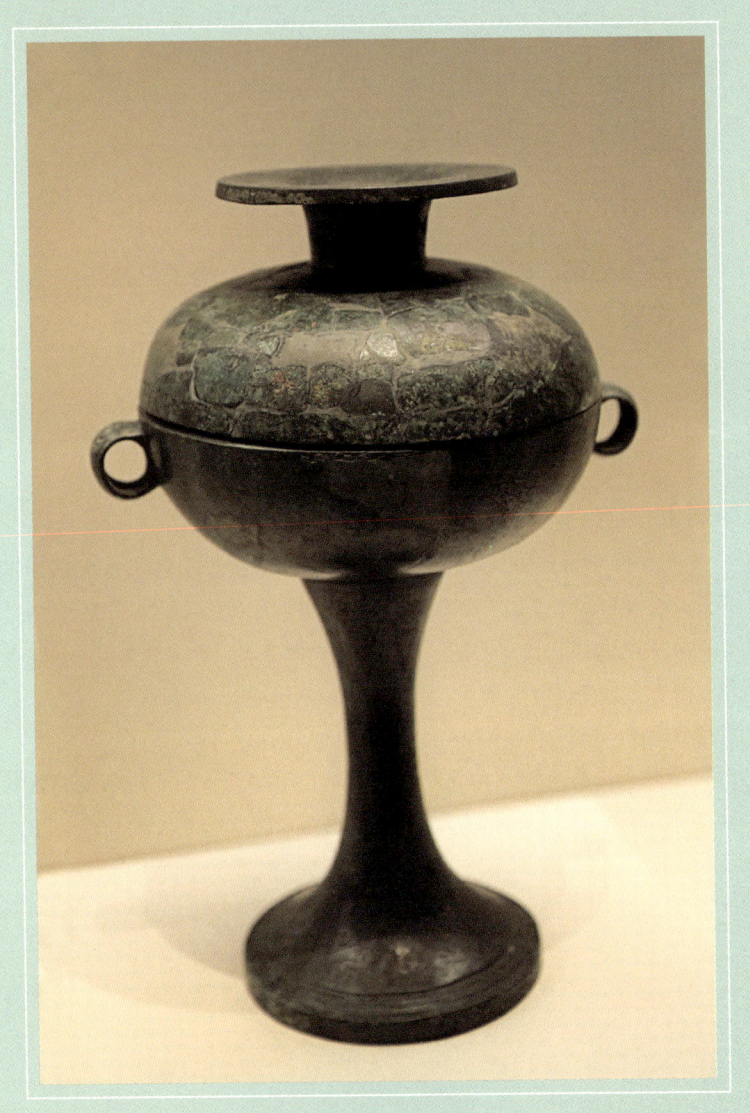

国家博物馆藏

蒹 葭

蒹葭苍苍，白露为霜。所谓伊人，在水一方。
溯洄从之，道阻且长。溯游从之，宛在水中央。
蒹葭凄凄，白露未晞。所谓伊人，在水之湄。
溯洄从之，道阻且跻。溯游从之，宛在水中坻。
蒹葭采采，白露未已。所谓伊人，在水之涘。
溯回从之，道阻且右。溯游从之，宛在水中沚。

【品读】

这是一篇唯美如画的爱情诗篇，读通难字，诵读即可，若述其大意或加以翻译，就是对此诗的亵渎。

蒹葭（jiān jiā），芦苇。苍苍，茂盛、连绵之貌。伊人，美人也。溯洄从之，逆流接近。阻，艰阻。溯游，顺流。宛，宛若，好似。凄凄，与"苍苍"同。未晞（xī），未干。湄，水草交汇处，即水畔。跻（jī），高险。坻（chí），水中陆地。采采，茂盛。涘（sì），水边。右，曲折。沚（zhǐ），水中小块陆地。

| 君子至止 |

宝鸡青铜器博物馆藏

终　南

终南何有？有条有梅。君子至止，锦衣狐裘。
颜如渥丹，其君也哉！
终南何有？有纪有堂。君子至止，黻衣绣裳。
佩玉将将。寿考不忘。

【品读】

这是秦国之人对其国君的赞美诗。

终南，即终南山，即今西安南部之山脉。条，楸树。至止，光临，莅临。渥（wò）丹，浸润着红色，谓容光焕发也。纪，山之棱角。堂，山之平缓处。黻（fú）衣，绣着青黑相间花纹的上衣。绣裳，绣着花纹之下衣。将将，即"锵锵"，佩玉之响声。寿考，长寿、永远。不忘，但愿，祈望。

全诗大意如下：

终南何有，楸树梅花。君子莅临，锦衣狐裘。容光焕发，就是国君！

终南何有，峰峦起伏。君子莅临，锦绣衣裳。佩玉锵锵，万寿无疆。

| 忧心钦钦 |

河南博物院藏

晨 风

䲵彼晨风，郁彼北林；未见君子，
忧心钦钦。如何如何！忘我实多！
山有苞栎，隰有六驳；未见君子，
忧心靡乐。如何如何！忘我实多！
山有苞棣，隰有树檖；未见君子，
忧心如醉。如何如何！忘我实多！

【品读】

这是一首思夫曲，真实动情，耐人寻味。

䲵（yù），迅飞之貌。晨风，一种鹞鹰。郁，郁郁葱葱。钦钦，忧伤难忘之状。苞，茂盛。栎（lì），柞树。六驳，即陆驳，颜色斑驳，指榆树，其皮颜色斑驳，故指。棣（dì），棠棣。树檖（suì），檖树，即山梨树。

全诗大意如下：

晨风翻飞，北林苍翠；未见君子，忧心不已。如何如何，忘我太久！
山有柞树，下有榆木；未见君子，忧心不乐。如何如何，忘我太久！
山有棠棣，下有山梨；未见君子，忧心如醉。如何如何，忘我太久。

| 修我戈矛 |

南京博物院藏

无 衣

岂曰无衣？与子同袍。王于兴师，修我戈矛。与子同仇。

岂曰无衣？与子同泽。王于兴师，修我矛戟。与子偕作。

岂曰无衣？与子同裳。王于兴师，修我甲兵。与子偕行。

【品读】

这是秦国武士所吟唱的一首战歌，反映了当时秦国上下同仇敌忾的气概。

戈、矛、戟，均为攻击性武器。甲兵，铠甲，兵器。泽，内衣。偕，共同。

全诗大意如下：

谁说我无征衣，我与你同披一身战袍。君王用兵，修我戈矛。与你同仇敌忾。

谁说我无征衣，我与你共用一身内装。君王用兵，修我矛戟。与你共同奋斗。

谁说我无征衣，我与你同着一身衣裳。君王用兵，修我甲兵。与你共同出征。

| 路车乘黄 |

洛阳博物馆藏

渭 阳

我送舅氏，曰至渭阳。何以赠之？路车乘黄。
我送舅氏，悠悠我思。何以赠之？琼瑰玉佩。

【品读】

此诗为春秋时秦康公为太子时所作。秦晋为联姻之国，秦晋之好至今仍代表婚姻嫁娶。秦康公之母系晋国公主，其兄重耳在晋国内乱时逃至秦国，返国之时，秦康公送至渭水之阳，留下这一诗篇。虽为贵族之作，但也写得真情自然，亲情绵远。

路车，诸侯所用之车。乘黄，黄色的驾车之马。琼（qióng）、瑰（guī），均为美玉。

全诗大意如下：
我送阿舅，送至渭阳。何物相赠，高车黄马。
我送阿舅，悠悠思念。何物相赠，美玉佩饰。

| 每食四簋 |

国家博物馆藏

权 舆

於我乎，夏屋渠渠；今也每食无余。于嗟乎！不承权舆！
於我乎，每食四簋；今也每食不饱。于嗟乎！不承权舆！

【品读】

春秋时代，列国纷争，各国争相招贤纳士，有一技之长的士子们也奔走于各国当政者之门。本诗就是这样一位士子的感叹，叹其先被礼遇，后遭冷落。

权舆，本意为秤和车，此处有启始、起初之意。夏，即厦，言屋大也。渠渠，形容大厦深深。不承权舆，没有继续最初的做法。簋（guǐ），容器，可容二升，是较大的盛装食物之容器。

全诗大意如下：

当时的我，大厦深深；今天却饮食无余。唉！有始无终的国君。
当时的我，钟鸣鼎食；今天却每餐不饱。唉！有始无终的国君。

| 可与晤言 |

宝鸡青铜器博物馆藏

东门之池

东门之池，可以沤麻；彼美淑姬，可与晤歌。
东门之池，可以沤纻；彼美淑姬，可与晤语。
东门之池，可以沤菅；彼美淑姬，可与晤言。

【品读】

这是一首少年所唱的恋歌。极为简单的表白，深情与爱慕跃然而出。

沤，以水浸泡，使麻类植物表皮腐脱，内部纤维更加坚韧。这一方法在当代农村仍然使用。麻、纻（zhù）、菅（jiān），均为麻类，麻、纻可以织布、织席，做成绳索，菅主要用于绳索材料。诗中之东门之池，当是两人相会之地。晤，交流，理解。

全诗大意如下：
东门之池，可以沤麻，美丽淑女，可以对歌。
东门之池，可以沤纻，美丽淑女，可以对谈。
东门之池，可以沤菅，美丽淑女，可以对言。

| 昏以为期 |

宝鸡青铜器博物馆藏

东门之杨

东门之杨,其叶牂牂;昏以为期,明星煌煌。
东门之杨,其叶肺肺;昏以为期,明星晢晢。

【品读】

男女相约黄昏之时,东门杨树下相会,但对方迟迟不见,直等到星光灿烂,等待者有感而发。

牂(zāng)牂,茂盛。煌(huáng)煌,灿烂明亮。肺(pī)肺,茂盛。晢(zhé)晢,灿烂明亮。

全诗大意如下:

东门之杨,枝叶繁茂;人约黄昏,却只见星光灿烂。
东门之杨,枝叶繁茂;人约黄昏,却只见明星闪闪。

| 有鶿萃止 |

洛阳博物馆藏

墓 门

墓门有棘，斧以斯之；夫也不良，国人知之。
知而不已，谁昔然矣？

墓门有梅，有鸮萃止；夫也不良，歌以讯之。
讯予不顾，颠倒思予。

【品读】

这是一首劝谏诗，所劝之人品行不良，屡劝不改，使人忧心忡忡。

斯，砍去、清理。谁昔，畴昔、往昔。鸮（xiāo），猫头鹰，因其叫声凄厉，被视为恶鸟。萃止，汇集栖息。讯之，告诫他。讯予不顾，当为讯而不顾。颠倒，辗转反侧。思予，予思、我思，谓忧心忡忡。

全诗大意如下：

墓门荆棘，以斧清理；那人不良，国人已知。明知不改，由来已久。
墓门梅树，鸮鸟汇集；那人不良，以歌告诫。置若罔闻，使我忧心。

| 舒窈纠兮 |

宝鸡青铜器博物馆藏

月　出

月出皎兮，佼人僚兮，舒窈纠兮，劳心悄兮。
月出皓兮，佼人懰兮，舒忧受兮，劳心慅兮。
月出照兮，佼人燎兮，舒夭绍兮，劳心惨兮。

【品读】

这是一首相思曲，三段文字用词不一，表达的是同一种心情。

皎（jiǎo），月光明亮。佼（jiǎo）人，美人。僚，美丽漂亮。懰（lǐu）、燎（liáo）之意相同。舒，舒展。窈（yǎo）纠，久来的愁结。悄，忧也。忧受，忧思。慅（sāo），忧也。夭绍，纠结。惨，忧也。

全诗大意如下：

月亮出来，光色皎洁，美人美哉，积愁难舒，劳心郁思。
月亮出来，皓月生辉，美人靓哉，忧思难舒，劳心伤思。
月亮出来，普照大地，美人妙哉，纠结难舒，劳心忧思。

| 寤寐无为 |

河南博物院藏

泽 陂

彼泽之陂，有蒲与荷；
有美一人，伤如之何！
寤寐无为，涕泗滂沱。

彼泽之陂，有蒲与蕑；
有美一人，硕大且卷。
寤寐无为，中心悁悁。

彼泽之陂，有蒲菡萏；
有美一人，硕大且俨。
寤寐无为，辗转伏枕。

【品读】

这是一首恋曲。心中恋人美丽端庄，但又遥不可及，让人辗转焦虑，甚或泪雨滂沱。

陂（bēi），湖池之岸。蒲，蒲草，长于水边。涕泗，眼泪鼻涕。蕑（jiān），兰草。硕大，身材高挑，修长。卷，形容鬓发之美。悁（yuān）悁，郁郁不乐之状。菡萏（hàn dàn），荷花。俨，端庄。

全诗大意如下：

水泽之岸，蒲草荷莲，有位美人，伤透我心！让我坐卧不宁，泪水滂沱。
水泽之岸，蒲草兰草，有位美人，修颀秀美，让我坐卧不宁，心中郁郁。
水泽之岸，蒲草荷花，有位美人，修颀端庄，让我坐卧不宁，辗转难寝。

| 溦之釜鬻 |

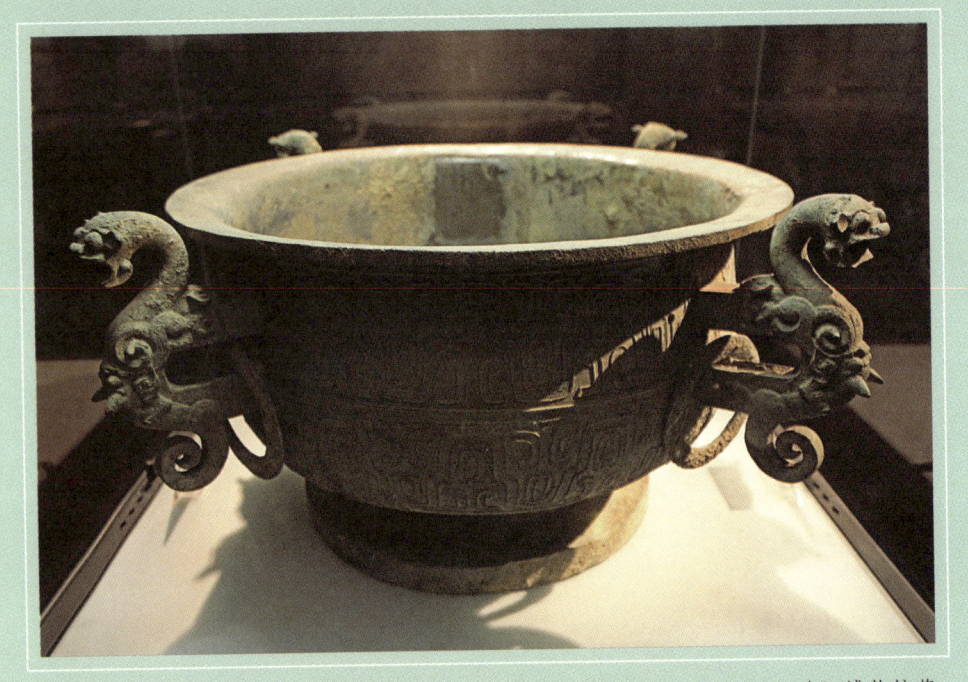

洛阳博物馆藏

匪 风

匪风发兮，匪车偈兮；顾瞻周道，中心怛兮。
匪风飘兮，匪车嘌兮；顾瞻周道，中心吊兮。
谁能亨鱼？溉之釜鬵。谁将西归？怀之好音。

【品读】

这是一首思乡曲。主人公家居西周宗周一带，亦即今之关中，东行服役，思念故乡。

匪，彼，那。发，风疾。偈（jié），车行迅疾。周道，通往宗周的大道。怛（dá），伤感。嘌（piāo），疾速。吊，忧伤。亨，即"烹"（pēng）。溉，冲洗、清洗。釜（fǔ），类似于锅的古代炊具。鬵（xín），较大之釜。怀之，带上。

全诗大意如下：
彼风呼啸，那车迅疾；返视周道，心中感伤。
彼风飘飘，那车疾驰；返视周道，心中悲伤。
谁能烹鱼？清洗釜鬵。谁将西归？带上家书。

| 于我归处 |

宝鸡青铜器博物馆藏

蜉 蝣

蜉蝣之羽，衣裳楚楚。心之忧矣，于我归处。
蜉蝣之翼，采采衣服。心之忧矣，于我归息。
蜉蝣掘阅，麻衣如雪。心之忧矣，于我归说。

【品读】

这是一首哲理诗，由蜉蝣之朝生暮死，感叹人生之匆匆。

蜉蝣（fú yóu），一种昆虫，寿命极短，朝生暮死。楚楚，鲜艳整洁。于，语助词。我，何也。采采，美丽光彩。掘阅，破穴而出，谓蜉蝣之初生。说，舍息，歇息。

全诗大意如下：

蜉蝣之羽，如楚楚衣冠。心中之忧，何方是归处。
蜉蝣之翼，如亮丽衣裳。心中之忧，何方是止处。
蜉蝣初生，如洁白麻衣。心中之忧，何方是归宿。

| 取彼斧斨 |

国家博物馆藏

七 月

七月流火，九月授衣。一之日觱发，二之日栗烈。无衣无褐，何以卒岁？三之日于耜，四之日举趾。同我妇子，馌彼南亩。田畯至喜。

七月流火，九月授衣。春日载阳，有鸣仓庚。女执懿筐，遵彼微行，爰求柔桑。春日迟迟，采蘩祁祁。女心伤悲，殆及公子同归。

七月流火，八月萑苇。蚕月条桑，取彼斧斨，以伐远扬，猗彼女桑。七月鸣鵙，八月载绩。载玄载黄，我朱孔阳，为公子裳。

四月秀葽，五月鸣蜩。八月其获，十月陨萚。一之日于貉，取彼狐狸，为公子裘。二之日其同，载缵武功。言私其豵，献豜于公。

五月斯螽动股，六月莎鸡振羽；七月在野，八月在宇，九月在户，十月蟋蟀入我床下。穹窒熏鼠，塞向墐户。嗟我妇子，曰为改岁，入此室处。

六月食郁及薁，七月亨葵及菽。八月剥枣，十月获稻；为此春酒，以介眉寿。七月食瓜，八月断壶，九月叔苴，采荼薪樗，食我农夫。

九月筑场圃，十月纳禾稼。黍稷重穋，禾麻菽麦。嗟我农夫，我稼既同，上入执宫功。昼尔于茅，宵尔索绹。亟其乘屋，其始播百谷。

二之日凿冰冲冲，三之日纳于凌阴。四之日其蚤，献羔祭韭。九月肃霜，十月涤场。朋酒斯飨，曰杀羔羊。跻彼公堂，称彼兕觥，万寿无疆！

| 为此春酒 |

国家博物馆藏

【品读】

这是三千年前一位农夫写下的一年自述,生动地描绘了他这一年间的生活经历。

全诗共八段,分类条理一年的艰辛。

第一段讲农田耕种。

七月流火,夏历七月,大火星向下移动,秋季开始。授衣,发放冬衣,西周春秋时代,以宗族为基本经济、生活单位,衣物用品统一制作发放,农业生产也是集体劳动。一之日,夏历十一月也。觱(bì)发,风已变寒。二之日,夏历十二月。栗烈,天气寒冷。褐,粗毛布,可御寒。卒岁,结束这一年的生活。三之日,夏历一月。耜,耒耜,掘地工具。四之日,夏历二月。举趾,趾,足也,举趾,用脚踩耜翻地。馌(yè),送饭。田畯(jùn),田官,督促农夫生产的小吏。

该段大意如下:七月秋季到来,九月分发衣裳。十一月风渐凉,十二月天气寒。无衣无褐,如何度过年终岁末?一月修整耒耜,二月举足翻耕。我妻我子,送饭南亩,田官高兴不已。

第二段讲女子采桑的遭遇。

载,起始。阳,温暖。仓庚,即黄鹂鸟。懿(yì)筐,深筐。遵,沿着。微行,小道。爰,往也。蘩(fán),白蒿,可用于育蚕。祁祁,众多。殆(dài),唯恐。及,和、与。公子,贵族之子。

该段大意如下:七月秋季到来,九月分发衣裳。春日启暖,仓庚鸣翠。少女手持深筐,沿着林间小径,去采摘柔嫩桑叶。春日迟迟,采蘩多多。少女伤悲,唯恐被公子胁迫同归。

第三段叙述副业生产,主要是修治桑林,纺织服装。

萑(huán)苇,一种芦苇,即蒹葭。蚕月,养蚕之月,即夏历三月。条桑,整理桑叶。斨(qiāng),一种方斧。远扬,远伸扬起之桑枝;猗(yǐ),拉,牵引。鵙(jú),伯劳鸟。绩,纺织。玄,黑中透红之色。朱,红色。孔阳,十分鲜艳。

该段大意如下:七月秋季到来,八月蒹葭苍苍。养蚕之月采收桑叶,拿着斧头,砍伐远伸的桑枝,牵近柔柔的桑条。七月伯劳鸣叫,八月开始纺织。有玄有黄,朱红之色更是亮丽,为公子缝制衣裳。

第四段叙述狩猎活动。

秀,植物抽穗。葽(yāo),草名。蜩(tiáo),蝉。陨(yǔn)萚(tuò),草木陨落。貉(hé),一种小狐狸。同,集合。缵(zuǎn),继续。武功,指狩猎。豵(zōng),一岁小猪。豜(jiān),三岁的大猪。此处之猪均为狩猎所获之野猪。

该段大意如下:四月葽草秀穗,五月蝉鸣声声。八月收获,十月草木飘落。十一月上山猎狐,猎取狐狸,为公子之裘衣。十二月汇集众人,续演武功,奔赴猎场。一岁小猪留归我家,三岁大猪献于主公。

第五段叙述天气转寒,农夫修治房宅以度岁末。

147

| 称彼兕觥 |

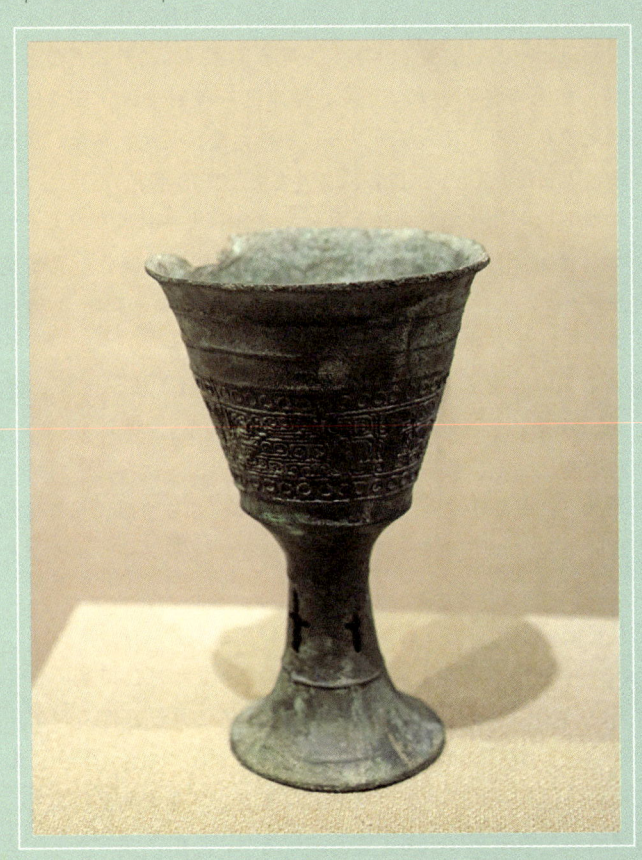

宝鸡青铜器博物馆藏

螽（zhōng），一种能鸣叫的昆虫。动股，指昆虫摆动其腿发出声音。莎鸡，即蟋蟀。振羽，指莎鸡摆动翅膀发出鸣叫。宇，屋檐之下。户，门也。穹（qióng），空洞，此指房屋上的洞隙。窒（zhì），塞住。塞，塞住、封上。向，北面的窗户。墐（jìn），用泥涂抹，农夫之门多用柴草编成，故用泥涂抹缝隙可御风寒。改岁，除夕、新年。

该段大意如下：五月螽虫始鸣，六月蟋蟀声声；七月在野，八月在宇，九月在户，十月蟋蟀，入我床下。塞洞熏鼠，封窗涂门。叹我妻子，将要新年，入此屋中吧！

第六段叙述夏秋的收获。

郁，一种野果树。薁（yù），一种野葡萄，果实可食。亨，即烹。葵，一种菜蔬，类似于芹菜。菽（shū），豆类。介，祈望。眉寿，长寿。壶，瓠瓜。断，拉下，指清理瓠瓜之秧。叔，捡拾。苴（jū），麻子。荼（tú），苦菜。樗（chū），臭椿树。薪樗，砍伐樗树。

该段大意如下：六月食郁、薁之果，七月以葵菜大豆为食。八月打枣，十月收稻；以酿春酒，祈祝长寿。七月食瓜，八月收瓠，九月拾捡麻子。采摘苦菜，砍樗为柴，农夫以此为生。

第七段讲述收获后的劳作。

筑场圃，圃，菜地，古时场与菜地并用，秋收前，用于种菜，收获后则将菜地整理，使其坚硬、平整，以处理稻谷之类。纳禾稼，将庄稼放到场上。黍稷（shǔ jì），均为粟。重（tóng），一种生长期很长的稻谷。穋（lù），一种生长期短的稻谷。禾，粟。既同，收获到一起，亦即收获完毕。上入，入于城邑。宫功，修造宫室之劳作。尔，助词。于茅，割取茅草。索绹（táo），搓绳。亟，急急。乘，登、升。

该段大意如下：九月修治场圃，十月庄稼纳入，黍稷重穋，禾麻豆麦。叹我农夫，收获已毕，还要进城修建宫室。白日割取茅草，夜晚搓成绳索。快快上屋修治，很快又要播种百谷。

第八段叙述了年末的劳作以及新年庆典。

冲冲，凿冰之声。凌阴，储藏冰块的冰窖。蚤（zǎo），早，此指早晨或月初。献羔祭韭，献上羊羔、韭菜进行祭祀，羔与韭均为祭祀用物。肃霜，气寒霜降。朋酒，两尊酒，此谓多也。飨（xiǎng），用酒食款待。跻（jī），登上。公堂，主公之庙堂。称，举起。兕觥（sì gōng），一种酒杯，用兕角做成。

该段大意如下：十二月冲冲凿冰，正月里存于冰窖。二月之初日，到祖庙献上羔羊与青韭。九月天气肃杀，寒霜降落；十月清理场院，农事完结。开怀欢饮，宰杀羔羊。登上公堂，举起大杯，同呼万寿无疆。

| 呦呦鹿鸣 |

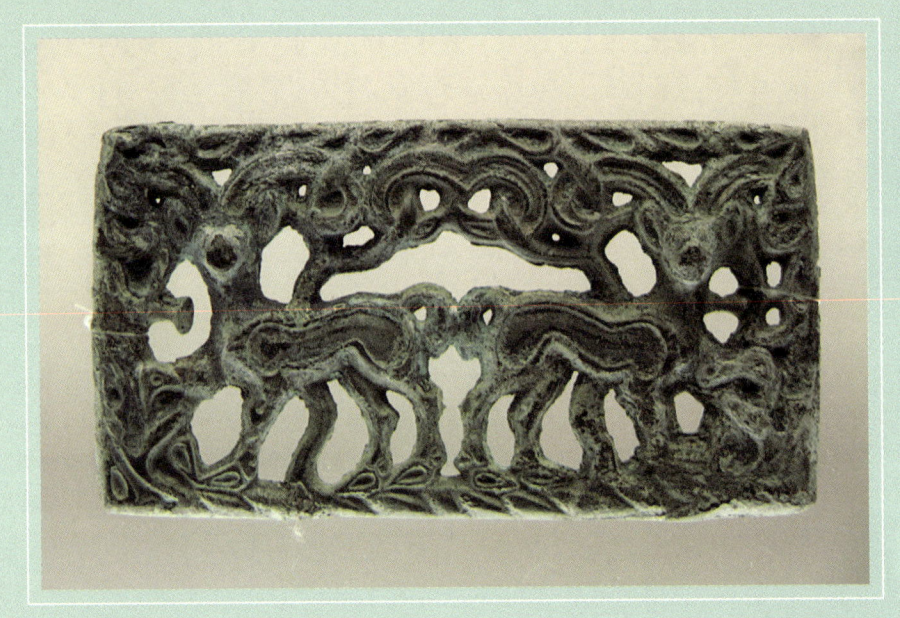

上海博物馆藏

鹿 鸣

呦呦鹿鸣，食野之苹；我有嘉宾，鼓瑟吹笙。
吹笙鼓簧，承筐是将。人之好我，示我周行。
呦呦鹿鸣，食野之蒿；我有嘉宾，德音孔昭。
视民不恌。君子是则是效。我有旨酒，嘉宾式燕以敖。
呦呦鹿鸣，食野之芩；我有嘉宾，鼓瑟鼓琴。
鼓瑟鼓琴，和乐且湛。我有旨酒，以燕乐嘉宾之心。

【品读】

这是两千多年前的迎宾曲，或者也可以说是祝酒歌，用于宴请嘉宾之时。

呦（yōu）呦，鹿鸣之声。苹，一种蒿类植物，今民间俗称扫帚菜。鼓，击鼓。瑟，弹瑟，瑟为古代弹奏乐器。簧，笙中的簧片。承筐是将，托着装满食物佳酿的筐走动，为客人添加。将，行走。好（hào）我，对我友善。周行，大道，良行典范。孔昭，清晰明亮。视，示也。恌（tiāo），轻薄。则、效，效法，以之为准则。是，语助词。旨酒，美酒。燕，欢饮。式，语助词。敖，尽兴游乐。芩，芦苇一类的植物。湛，欢乐长久。

全诗大意如下：

呦呦鹿鸣，采食原野之苹；我有嘉宾，击鼓弹瑟吹起笙。吹笙鼓簧，托着满筐的美酒佳肴。客人友善，展现大道之风。

呦呦鹿鸣，采食原野之蒿；我有嘉宾，声名卓著。不以轻薄示以民众，君子效法取则。我有美酒，嘉宾欢宴，尽兴游乐。

呦呦鹿鸣，采食原野之芩；我有嘉宾，击鼓弹琴。击鼓弹琴，和乐永远。我有美酒，让嘉宾之心陶醉其中。

| 陈馈八簋 |

宝鸡青铜器博物馆藏

伐 木

伐木丁丁，鸟鸣嘤嘤。出自幽谷，迁于乔木。
嘤其鸣矣，求其友声。相彼鸟矣，犹求友声。
矧伊人矣，不求友生！神之听之，终和且平。
伐木许许，酾酒有藇。既有肥羜，以速诸父。
宁适不来，微我弗顾。於粲洒埽，陈馈八簋。
既有肥牡，以速诸舅。宁适不来，微我有咎。
伐木于阪，酾酒有衍。笾豆有践，兄弟无远。
民之失德，干糇以愆。有酒湑我，无酒酤我。
坎坎鼓我，蹲蹲舞我。迨我暇矣，饮此湑矣。

【品读】

这是一首旧朋好友的欢宴之歌。

丁丁，伐木之声。嘤（yīng）嘤，鸟鸣之声。幽谷，深谷。乔木，高大之树木。相，视，看。矧（shěn），况且。神，慎也。许许，同"丁丁"。酾（shī）酒，筛酒，滤酒。藇（xù），美貌。羜（zhù），羔羊。速，召也。宁适，宁肯。微，无，不是。弗顾，不顾，无义无情。於，叹词。粲（càn），鲜明。埽，即"扫"。馈（kuì），此处代指食物。簋（guǐ），盛装食物之容器。牡，此指雄猪、羊之类。咎，过错。阪，山坡高地。衍，多也。笾（biān）豆，竹编而成的豆式容器，类似于高脚杯，其上有盖。践，陈列之貌。无远，皆在也。干糇（hóu），粗糙的干粮。愆（qiān），过错。湑（xǔ），滤酒，筛酒。酤，买也。坎坎，鼓声。蹲蹲，舞蹈之貌。迨（dài），及，待到。

全诗大意如下：

伐木丁丁，鸟鸣嘤嘤。出自幽谷，迁于乔木。嘤嘤鸟鸣，求友之声。看那飞鸟，犹求友声。况我人等，怎能不求！恭谨随性，和和平平。

伐木许许，筛酒美美。既有肥羔，遍请叔父。宁其不来，我不能不顾。洒扫清洁，美肴八簋，既有肥羊，遍请舅父。宁其不来，我不能过失。

伐木高坡，筛酒成列。竹豆成行，兄弟皆在。民之失德，全在饥饿之过。有酒筛来，无酒买来。咚咚鼓声，翩翩舞姿。待我闲暇，再饮美酒。

| 我戍未定 |

国家博物馆藏

采 薇

采薇采薇，薇亦作止；曰归曰归，岁亦莫止。
靡室靡家，猃狁之故；不遑启居，猃狁之故。
采薇采薇，薇亦柔止；曰归曰归，心亦忧止。
忧心烈烈，载饥载渴。我戍未定，靡使归聘。
采薇采薇，薇亦刚止；曰归曰归，岁亦阳止。
王事靡盬，不遑启处。忧心孔疚，我行不来。
彼尔维何？维常之华；彼路斯何？君子之车。
戎车既驾，四牡业业。岂敢定居？一月三捷。
驾彼四牡，四牡骙骙；君子所依，小人所腓。
四牡翼翼，象弭鱼服。岂不日戒？猃狁孔棘！
昔我往矣，杨柳依依；今我来思，雨雪霏霏。
行道迟迟，载渴载饥。我心伤悲，莫知我哀。

【品读】

这是戍守北方边境的士卒所作的思乡诗。北方游牧民族猃狁（xiǎn yǔn）南侵，士卒戍边无法按期还乡，伤感而发。

薇（wēi），一种野菜。作，初生。止，语助词，同"之"。莫，即"暮"。靡，无。不遑（huáng），无暇。启，跪也。居，坐也。启、居是当时人的两种基本坐姿，故"启居"即休息。载，助词。定，止也。聘，问候。刚，薇已长成。阳，十月也。盬（gǔ），止息。孔，很，甚。疚（jiù），痛苦。尔，华盛、艳丽。常之华，即常棣之花。路，战车。牡（mǔ），雄马。业业，强壮。骙（kuí）骙，强壮。腓（féi），掩蔽。翼翼，队列整齐之貌。弭（mǐ），弓梢。服，矢服，即箭囊。鱼服，鱼皮所作箭囊。孔，很。棘，紧急。思，语助词。

全诗大意如下：

采薇采薇，薇亦初生；归去归去，岁已迟暮。无室无家，猃狁之故；无暇安居，猃狁之故。采薇采薇，青薇柔柔；归去归去，心中忧伤。忧心忡忡，既饥且渴。戍守未毕，何以归家。采薇采薇，青薇挺拔；归去归去，岁已十月。王事不止，无暇安居。忧心裂肺，有去无还。华盛为何？常棣之花；戎车为何？君子之车。戎车驱驰，四骏赳赳。岂敢安居？一月三捷。驾驭四骏，四骏昂昂；君子仰仗，士卒依托。四骏肃肃，象弓鱼袋。岂不警惕？猃狁突袭！我来之时，杨柳依依；今我将去，雨雪霏霏。行路迟迟，既渴且饥。我心伤悲，谁知我哀。

| 君子有酒 |

国家博物馆藏

南有嘉鱼

南有嘉鱼，烝然罩罩；君子有酒，嘉宾式燕以乐。
南有嘉鱼，烝然汕汕；君子有酒，嘉宾式燕以衎。
南有樛木，甘瓠累之；君子有酒，嘉宾式燕绥之。
翩翩者鵻，烝然来思；君子有酒，嘉宾式燕又思。

【品读】

这是一首祝酒歌。

嘉鱼，美味之鱼。烝（zhēng）然，发语词。罩，竹编捕鱼之网罩，置于水中，待鱼进入后提起。罩罩，言网罩之多也。式，既。以，且。燕，欢娱。汕（shàn），手持捕鱼之网，有一硬柄，一头装有半圆形渔网，一头握于手中。汕汕，言此网之多也。衎（kàn），乐也。樛（jiū）木，枝条下垂，果实累累。瓠（hú），葫芦。累，果实累累。绥（suí），安乐。鵻（zhuī），鹁鸪鸟。思，"来思"之"思"为助词，"又思"之"思"为恋恋不舍。

全诗大意如下：

南有嘉鱼，网罩密布；君子有酒，嘉宾欢娱。南有嘉鱼，网杆丛丛；君子有酒，嘉宾尽兴。南有果实，瓠瓜累累；君子有酒，嘉宾安乐。翩翩鹁鸪，飞翔前来；君子有酒，嘉宾欢畅。

| 万寿无疆 |

宝鸡青铜器博物馆藏

南山有台

南山有台，北山有莱。乐只君子，
邦家之基。乐只君子，万寿无期。
南山有桑，北山有杨。乐只君子，
邦家之光。乐只君子，万寿无疆。
南山有杞，北山有李。乐只君子，
民之父母。乐只君子，德音不已。
南山有栲，北山有杻。乐只君子，
遐不眉寿？乐只君子，德音是茂。
南山有枸，北山有楰。乐只君子，
遐不黄耇？乐只君子，保艾尔后。

【品读】

这是一首颂诗，颂扬当政者为民父母，万寿无疆。

台，莎草。莱，灰灰菜。乐，和乐，慈祥。只，语助词。杞，枸杞。栲（kǎo），树名，又称山樗。杻（niǔ），树名。遐，何也。眉寿，老者往往长出寿眉，此处指长寿。茂，繁多。枸（jú），一种树名。楰（yú），一种楸树。黄耇（gǒu），高寿。艾（ài），养育也。

全诗大意如下：

南山台草，北山莱草。慈祥君子，国家柱石。慈祥君子，万寿无疆。
南山桑树，北山杨树。慈祥君子，国家之光。慈祥君子，万寿无疆。
南山枸杞，北山李树。慈祥君子，民之父母。慈祥君子，美名永续。
南山栲树，北山杻树。慈祥君子，怎不长寿。慈祥君子，美名四方。
南山枸树，北山楰树。慈祥君子，怎不长寿。慈祥君子，永保子孙。

| 和鸾雕雕 |

国家博物馆藏

蓼 萧

蓼彼萧斯，零露湑兮；既见君子，
我心写兮。燕笑语兮，是以有誉处兮。
蓼彼萧斯，零露瀼瀼；既见君子，
为龙为光。其德不爽，寿考不忘。
蓼彼萧斯，零露泥泥；既见君子，
孔燕岂弟。宜兄宜弟，令德寿岂。
蓼彼萧斯，零露浓浓；既见君子，
鞗革冲冲。和鸾雝雝，万福攸同。

【品读】

这是贵族间的祝酒歌。

蓼（lù），高大茂盛。萧，一种蒿草。湑（xǔ），晶莹。写，即泻，形容心情舒畅。燕，宴。誉处，互相称誉。瀼（ráng）瀼，露水厚重。龙，即宠，指荣光。爽，差也，不爽，不差。寿考，长寿。不忘，不亡。泥泥，露水浸润。孔燕，此处之燕谓欢乐，孔，十分，孔燕，十分欢乐。岂，乐也。弟，即"悌"，和悦、融洽。鞗（tiáo），马辔，马缰绳。革，辔顶部。冲冲，下垂之貌。和、鸾，均为车上之铃。雝（yōng）雝，铃声。同，聚也。攸同，所聚，汇聚。

全诗大意如下：

萧蒿挺拔，露滴晶莹；既见君子，我心舒畅。宴乐笑语，彼此称颂。
萧蒿挺拔，露水重重；既见君子，无上荣光。德行高尚，长寿无疆。
萧蒿挺拔，露雾弥漫；既见君子，欢乐和美。兄弟相宜，美德无疆。
萧蒿挺拔，露珠浓浓；既见君子，马辔垂垂。雝雝鸾铃，万福汇集。

| 不醉无归 |

上海博物馆藏

湛 露

湛湛露斯，匪阳不晞；厌厌夜饮，不醉无归。
湛湛露斯，在彼丰草；厌厌夜饮，在宗载考。
湛湛露斯，在彼杞棘；显允君子，莫不令德。
其桐其椅，其实离离；岂弟君子，莫不令仪。

【品读】

这是一首贵族社会的祝酒歌，但其重点不在劝饮，而在于倡导饮酒有德，不失体统。

湛（zhàn）湛，露水厚重之貌。晞（xī），干。匪，"非"。厌厌，充分、长久。宗，宗庙。考，祖宗，也指宗庙。杞，枸杞。棘，酸枣树。显允，明信，诚信。桐，桐树。椅，山桐树。离离，下垂之貌。岂弟，欢乐融洽。令仪，美好的仪态。

全诗大意如下：

浓浓之露，非阳不干；久久夜饮，不醉不归。
浓浓之露，在那茂草；久久夜饮，在那宗庙。
浓浓之露，在那杞棘；信达君子，酒不失德。
桐树椅树，果实低垂；乐洽君子，仪态依旧。

乐且有仪

国家博物馆藏

菁菁者莪

菁菁者莪,在彼中阿;既见君子,乐且有仪。
菁菁者莪,在彼中沚;既见君子,我心则喜。
菁菁者莪,在彼中陵;既见君子,锡我百朋。
汎汎杨舟,载沉载浮;既见君子,我心则休。

【品读】

此诗系少女恋诗,言其见到心上人时的种种喜悦。

菁(jīng)菁,茂盛。莪(é),一种蒿草。中阿,高山之中部。仪,同"宜",称心如意也。沚(zhǐ),水中小洲。中陵,山陵之中。锡,即"赐",给予。百朋,古代货币以十贝为朋,百朋言其多也。汎汎,即泛泛。休,安定,安心,静心。

全诗大意如下:

茂盛之蒿草,遍布高山之中;见到君子,高兴称心。
茂盛之蒿草,遍布水中之洲;见到君子,我心欢喜。
茂盛之蒿草,遍布山陵之中;见到君子,如获至宝。
泛泛水面,杨舟飘飘荡荡;见到君子,我心安宁。

| 维此哲人 |

宝鸡青铜器博物馆藏

鸿 雁

鸿雁于飞，肃肃其羽；之子于征，劬劳于野。
爰及矜人，哀此鳏寡。
鸿雁于飞，集于中泽；之子于垣，百堵皆作。
虽则劬劳，其究安宅。
鸿雁于飞，哀鸣嗷嗷；维此哲人，谓我劬劳。
维彼愚人，谓我宣骄。

【品读】

这是一首普通百姓的自娱自乐之歌。

肃肃，飞翔之声。征，在外劳役。劬（qú）劳，病苦。爰及，还有。矜（jīn）人，可怜的人。鳏（guān），老而无妻。寡，老而无夫。中泽，河中。垣，墙垣。百堵，古时筑墙，一丈为板，五板为堵，百堵，谓墙垣高大也。宣骄，示骄，自得。

全诗大意如下：

鸿雁飞翔，羽声肃肃；百姓征役，病苦于野。

可哀可怜，鳏寡无助。

鸿雁飞翔，集于水泽；百姓筑墙，宽宽长长。

虽然辛劳，终究安居。

鸿雁飞翔，哀鸣嗷嗷；只有哲人，知我辛劳。

那些愚人，谓我示骄。

| 君子至止 |

国家博物馆藏

庭　燎

夜如何其？夜未央。庭燎之光。君子至止，鸾声将将。
夜如何其？夜未艾。庭燎晢晢。君子至止，鸾声哕哕。
夜如何其？夜乡晨。庭燎有辉。君子至止，言观其旂。

【品读】

此诗为君臣问答诗，天子因明晨诸侯们要来朝会，夜不安寝，不断地向侍臣问天亮否，一问一答，轻松真实地勾画出一幅宫廷早朝画面。

庭燎，燃在庭中的火烛。君子，诸侯。鸾声，马车上饰件之声。艾，尽也。晢（zhé）晢，略明，微明。哕（huì）哕，断断续续的声响，车马走近，放慢了速度，故而声响断断续续。乡晨，快到早晨了，即黎明。辉（huī），烟光火气，天渐明，已可清晰地看到烟光火气。旂，即旗。

全诗大意如下：

"夜如其何？" "还未到中夜，那只是庭中烛光，不过，早到的诸侯已能听到其车驾的鸾声锵锵。"

"夜如其何？" "夜色未尽，庭中烛光照得夜空微微发亮。不过，快要到达的诸侯已放慢了速度，车驾的鸾声已断断续续。"

"夜如其何？" "黎明将至，庭中烛光已能看到烟光火气，诸侯已走近，能看到其旗帜了。"

| 鴥彼飞隼 |

宝鸡青铜器博物馆藏

沔 水

沔彼流水，朝宗于海；鴥彼飞隼，载飞载止。
嗟我兄弟，邦人诸友。莫肯念乱，谁无父母？
沔波流水，其流汤汤；鴥彼飞隼，载飞载扬。
念彼不迹，载起载行。心之忧矣，不可弭忘。
鴥彼飞隼，率彼中陵；民之讹言，宁莫之惩？
我友敬矣，谗言其兴？

【品读】

这是一首忧国诗，面对国政衰微，诗人忧心不已，既表达了民众对国政的关注，又要求国君敬天保民，改革政治。此诗与屈原之诗篇异曲同工。

沔（miǎn），流溢，满溢。朝宗，朝向，奔向。西周春秋时代，诸侯春日朝见天子称朝，夏日朝见天子称宗，"朝宗于海"乃借指，谓朝向大海。鴥（yù），鸟疾飞。隼（sǔn），隼鹰。汤汤，水流浩荡。不迹，不循正道。弭（mǐ），消除，停止。弭忘，即忘却。率，循。中陵，山陵之中。友敬，友爱百姓，敬畏上天。

全诗大意如下：

浩浩流水，奔流入海；飞隼高翔，飞翔盘旋。我们兄弟、邦人友朋，谁无父母？怎会不忧乱世？

浩浩流水，水势荡荡；飞隼高翔，飞舞昂扬。不循正道，让人忧念难安。心中之忧，不可忘却。

飞隼高翔，翱翔山腰；民间讹言，莫去惩处，敬天保民，谗言何兴？

| 鱼潜在渊 |

宝鸡青铜器博物馆藏

鹤　鸣

鹤鸣于九皋，声闻于野。鱼潜在渊，或在于渚。乐彼之园，爰有树檀。其下维萚。它山之石，可以为错。
鹤鸣于九皋，声闻于天。鱼在于渚，或潜在渊。乐彼之园，爰有树檀。其下维榖。它山之石，可以攻玉。

【品读】

这是一首关于为政者如何识人用人的哲理诗，讲的是人各有所长，要不拘一格，用其所长。

皋，水边高地。九皋，谓九曲之中的高地，形容其远。渚（zhǔ），水中小洲。檀，檀树，其木坚硬，可制车轮、弓箭。萚（tuò），即檡（shì）树，一种软枣树，材质差，但其枣可食。错，磨石。榖（gǔ），榖树，材质亦差，但树皮可用于书写。攻玉，打磨玉器。

全诗大意如下：

鹤在九曲之外鸣叫，其声传于四野。鱼潜于深渊，或徘徊于江渚。乐土之家园，或有檀木，其下也会生长檡树。它山之石，虽然普通，却可作为磨石。

鹤在九曲之外鸣叫，其声传于上天。鱼徘徊在江渚，或潜于深渊。乐土之家园，或有檀树，其下也会生长着榖树。它山之石，虽然普通，却可以打磨美玉。

| 其人如玉 |

南京博物院藏

白　驹

皎皎白驹，食我场苗。絷之维之，
以永今朝。所谓伊人，于焉逍遥。

皎皎白驹，食我场藿。絷之维之，
以永今夕。所谓伊人，于焉嘉客。

皎皎白驹，贲然来思。尔公尔侯，
逸豫无期。慎尔优游，勉尔遁思。

皎皎白驹，在彼空谷。生刍一束，
其人如玉。毋金玉尔音，而有遐心。

【品读】

这是一首恋曲，是一位少女对出游在外的意中人的嘱托。

场苗，场圃地上的菜苗。絷（zhí），拴马足。维，扎住缰绳。于焉，在何处。藿（huò），豆苗。嘉客，快乐地客游，同逍遥。贲（bēn）然，疾速奔走。思，语助词。逸豫，安逸享乐。慎尔，尔慎，你要慎重有节制。勉尔，尔勉，你不要如何。遁，离去。毋金玉尔音，不要把你的声音当成金口玉言，那么吝啬，要多通音信。遐心，远心，疏远之心。

全诗大意如下：

皎洁白驹，食我青苗。拴住拉住，今朝永驻。心中的你，何方逍遥。

皎洁白驹，食我豆苗。拴住拉住，今夕永驻。心中的你，何方乐游。

皎洁白驹，疾驰而来。你是公侯？享乐无期。莫多优游，更莫远离。

皎洁白驹，在那空谷。饲料青青，其人如玉。莫作金口玉言，不通音信，更不要有疏远之心。

| 复我邦族 |

国家博物馆藏

黄 鸟

黄鸟黄鸟,无集于榖!无啄我粟!
此邦之人,不我肯榖。言旋言归,复我邦族!
黄鸟黄鸟,无集于桑!无啄我梁!
此邦之人,不可与明。言旋言归,复我诸兄!
黄鸟黄鸟,无集于栩!无啄我黍!
此邦之人,不可与处。言旋言归,复我诸父!

【品读】

这是一首民怨曲,与《硕鼠》类似。所不同者,《硕鼠》是本国民众对统治者的不满,进而要逃离故国,适彼乐土;《黄鸟》则是逃离故土,来到异国他乡后的民众,同样面临着政治的昏暗与生活的严峻,要回归故土,可以看做是《硕鼠》的姊妹篇。

榖(gǔ),此字有两义,一为榖树,一为善良,诗中前后出现的两个榖字,恰分别为此两义。栩(xǔ),柞树。

全诗大意如下:

黄鸟黄鸟,莫集于榖树!莫啄我粟!此国之人,不肯对我友善。就要归去,重整故国旧族!

黄鸟黄鸟,莫集于桑树!莫啄我高粱!此国之人,不可相友。就要归去,重归诸兄诸弟之中!

黄鸟黄鸟,莫集于栩树!莫啄我黍!此国之人,不可相处。就要归去,重回诸伯诸叔之中!

| 复我邦家 |

宝鸡青铜器博物馆藏

我行其野

我行其野,蔽芾其樗。婚姻之故,
言就尔居。尔不我畜,复我邦家。
我行其野,言采其蓫。婚姻之故,
言就尔宿。尔不我畜,言归斯复。
我行其野,言采其葍。不思旧姻,
求尔新特。成不以富,亦祇以异。

【品读】

这是一首怨妇诗,是一位女子远嫁他乡,不堪忍受夫家之虐待,回归故乡的自述。

蔽芾(fèi),栖身其中。樗(chū),臭椿树,此喻夫家。畜,畜养,此谓善待。邦家,故乡之家。蓫(zhú),草名,不能食用的恶菜,也是喻夫家。葍(fú),草名,也是一种不能食用的恶菜,喻夫家。新特,新的匹配者,新欢。祇(zhī),确实。

全诗大意如下:

我走在原野,栖息于朽恶之树。婚姻之故,来与你同居。你不善待,我要回到家乡。

我走在原野,采到的是那样的恶菜。婚姻之故,来与你同宿。你不善待,我真想回归故乡。

我走在原野,采到的是那样的恶菜。你不念旧情,却求新欢。虽然不是因她的富有,但确实是见异思迁。

| 习习谷风 |

河南博物院藏

谷　风

习习谷风，维风及雨；将恐将惧，
维予与女。将安将乐，女转弃予。
习习谷风，维风及颓。将恐将惧，
寘予于怀。将安将乐，弃予如遗。
习习谷风，维山崔嵬。无草不死，
无木不萎。忘我大德，思我小怨。

【品读】

这是一首怨诗，或是朋友之怨，或是夫妻之怨，大意是说两人可以共患难但难以同享乐，指责安康快乐之时，便抛弃了自己的那一位。

谷风，东风也。维，助词。颓，暴风。寘（zhí），即"置"也。遗，忘却。

全诗大意如下：

东风习习，风风雨雨。恐惧危难之时，我与你同在。安乐幸福之际，你却转而将我抛弃。

东风习习，风势暴烈。恐惧危难之时，我将你置于怀中。安乐幸福之际，你却将我抛弃忘却。

东风习习，山陵崔嵬。没有不死的草，没有不枯萎的树。你忘我大德，只记住我的小过。

| 维罍之耻 |

宝鸡青铜器博物馆藏

蓼 莪

蓼蓼者莪，匪莪伊蒿；哀哀父母，生我劬劳！
蓼蓼者莪，匪莪伊蔚；哀哀父母，生我劳瘁！
瓶之罄矣，维罍之耻。鲜民之生，不如死之久矣！
无父何怙？无母何恃？出则衔恤，入则靡至。
父兮生我，母兮鞠我。拊我畜我，长我育我。
顾我复我，出入腹我。欲报之德，昊天罔极！
南山烈烈，飘风发发。民莫不穀，我独何害？
南山律律，飘风弗弗。民莫不穀，我独不卒！

【品读】

这是一则感人至深的亲情诗，描写一位孝子因家境困苦而无法尽孝的伤楚。

蓼（lù）蓼，茂盛也。莪（é），一种蒿菜，属难得之菜。蒿，蒿苗可食，属贫贱者所用。劬（qú）劳，辛劳。蔚，类似于蒿的一种植物，也属贫贱者所用。劳瘁（cuì），极度操劳。瓶、罍（léi）均为酒器，瓶小罍大，一般是罍中储酒，倒入瓶中饮用。瓶之罄矣，维罍之耻，是说瓶中酒空，是罍的耻辱，其隐含之意是以瓶喻自己，罍喻父母，意为"我自己困苦潦倒，让父母蒙受耻辱"。鲜民，寡德之民，即普通百姓。怙、恃，均为依靠。衔恤，怀抱孝心。靡至，无至，空手而归。鞠（jū），养育。拊（fǔ）、畜，均为养育之意。顾、复，照顾、呵护也。腹我，将我抱在怀中。昊（hào）天，苍天。罔极，无极。烈烈，高大之貌。发发，拟声词，风急吹之声。穀，善也。律律，同"烈烈"。弗弗，同"发发"。卒，终也，此处指终养父母，即孝养父母。

全诗大意如下：

昔日茂盛的美菜，已经不是美菜而成为贫贱的蒿菜，如同我也曾是父母眼中的栋梁，如今穷苦潦倒，一无是处；可怜的父母，生我养我，那么辛劳！

昔日茂盛的美菜，已经不是美菜而成为贫贱的蔚豆；可悲的父母，生我养我，辛劳备至！

瓶中空空，使罍蒙羞。百姓之生，不如早早死去！无父何依？无母何恃？无能的我，出门之时心怀孝心，返回之时，却是空手而至，无法尽孝。

父亲给我生命，母亲养我成人，抚育着我，培养着我，呵护关心，出入都放在怀中。要回报的恩德，就像苍天那样无边无际！

南山高耸，急风呼啸。百姓无不善良，为何独独让我遭此困苦？

南山巍巍，急风狂啸。百姓无不善良，为何独独让我不能尽孝？

| 鼓钟将将 |

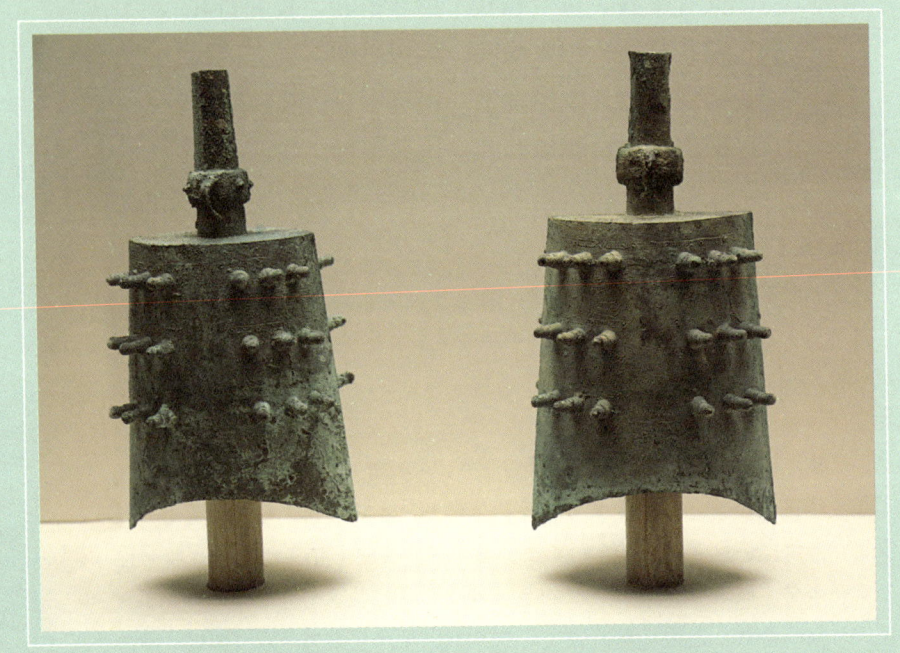

国家博物馆藏

鼓　钟

鼓钟将将，淮水汤汤，忧心且伤。淑人君子，怀允不忘。
鼓钟喈喈，淮水湝湝，忧心且悲。淑人君子，其德不回。
鼓钟伐鼛，淮有三洲，忧心且妯。淑人君子，其德不犹。
鼓钟钦钦，鼓瑟鼓琴，笙磬同音。以雅以南，以籥不僭。

【品读】

这是一则怀旧之作，有感于时世之动荡、国政之不修，痛述今不如昔，春秋时代的孔子与老子都有类似情结。

将将，拟声，即"锵锵"。汤汤，浩浩荡荡。淑，善也。允，公允，公正。喈（jiē）喈，拟声。湝（jiē）湝，与"汤汤"同义。伐，敲打。鼛（gāo），大鼓。妯（chōu），悲伤动情。犹，若，相似，可比也。钦钦，拟声。磬，一种石制乐器。雅，《诗经》中的《小雅》与《大雅》。南，《诗经》中的《周南》与《召南》。籥（yuè），一种管乐器。僭（jiàn），僭越，以下犯上，不守礼仪。

全诗大意如下：

钟鼓锵锵，淮水浩浩。忧心悲伤，淑人君子啊，你的公正让人难忘。

钟鼓咚咚，淮水荡荡。忧心悲伤，淑人君子啊，你的德行不再回返。

大鼓隆隆，淮水三洲，忧心不已，淑人君子啊，你的德行无人可比。

钟鼓声声，琴瑟有声，笙磬同音。奏唱雅、南，声乐合乎礼仪，内容却遭僭越。

| 福禄宜之 |

国家博物馆藏

鸳 鸯

鸳鸯于飞，毕之罗之；君子万年，福禄宜之。
鸳鸯在梁，戢其左翼；君子万年，宜其遐福。
乘马在厩，摧之秣之；君子万年，福禄艾之。
乘马在厩，秣之摧之；君子万年，福禄绥之。

【品读】

这是一首颂歌，贵族们在重大仪式活动中所用。

毕，捕鸟的一种网，系小网加一长柄。罗，捕鸟的一种网，较大，圆形，可倒扣。宜，应当享有，可以享有。梁，露出水面的石头。戢（jí），收起。古人认为，鸳鸯成双而立，在石梁站立时，要收起左翅，以便依偎，要展开右翅，以防外患。遐，长久。厩（jiù），马厩。摧，碎草。秣（mò），喂马。艾，养育。绥（suí），安宁。

全诗大意如下：

鸳鸯飞翔，有罗网之害；君子万岁，永享福禄。
鸳鸯站立石梁，收其左翼；君子万岁，永享福贵。
所乘之马在厩，方得喂料饲养；君子万岁，福禄终养。
所乘之马在厩，方得喂料饲养；君子万岁，福禄安宁。

| 交乱四国 |

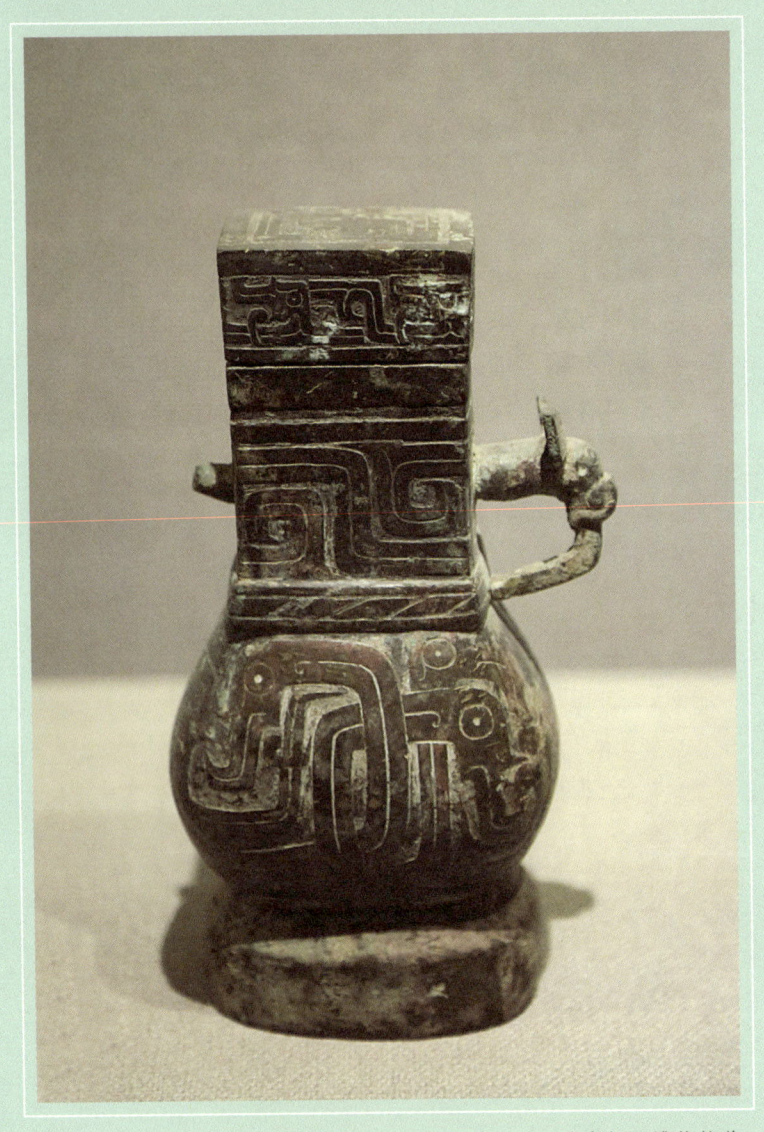

宝鸡青铜器博物馆藏

青　蝇

营营青蝇，止于樊；岂弟君子，无信谗言。
营营青蝇，止于棘；谗人罔极，交乱四国。
营营青蝇，止于榛；谗人罔极，构我二人。

【品读】

这是一首劝谏诗，将进谗言的小人比作嗡嗡乱飞的苍蝇，劝君主勿信谗言。

营营，青蝇飞来飞去的声音。樊，樊篱也。棘，指荆棘编成的樊篱。榛，榛树，也可用于编篱。罔极，无极，无已。构，构陷，构恶。构我二人，即挑拨二人关系使之变恶。

全诗大意如下：

营营青蝇，盘旋在樊篱；真正君子，不信谗言。
营营青蝇，盘旋在棘篱；谗人无休，扰乱各国。
营营青蝇，盘旋在榛篱；谗人无止，离间你我。

| 我师我旅 |

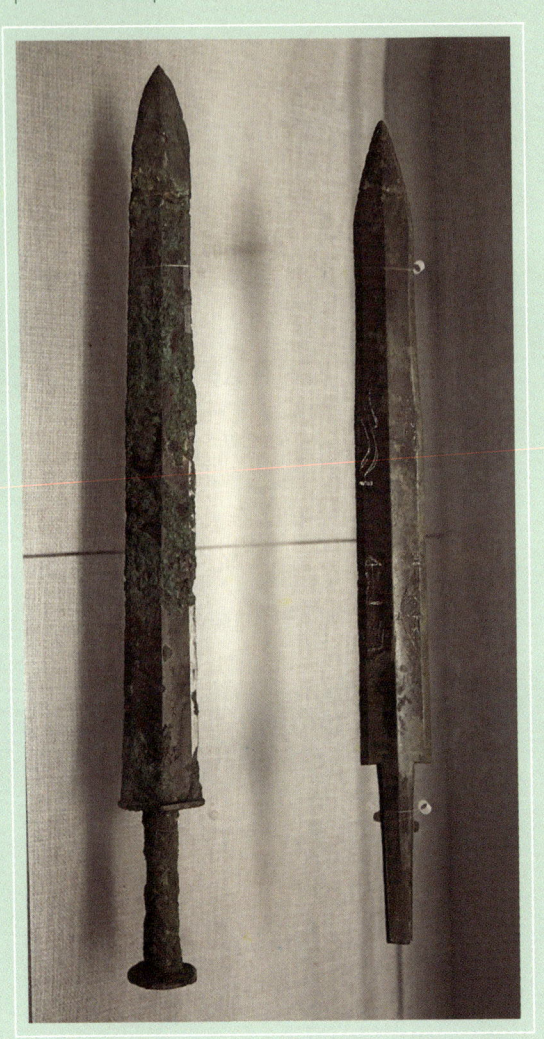

洛阳博物馆藏

黍　苗

芃芃黍苗，阴雨膏之；悠悠南行，召伯劳之。
我任我辇，我车我牛。我行既集，盖云归哉！
我徒我御，我师我旅。我行既集，盖云归处。
肃肃谢功，召伯营之；烈烈征师，召伯成之。
原隰既平，泉流既清，召伯有成，王心则宁。

【品读】

此诗为歌功颂德之作，作者为西周宣王时代的一位卿大夫。宣王时代，西周国力复盛，被称作"宣王中兴"，在这一过程中，宣王曾派一位贵族召穆公前去营建谢邑，并以此作为新分封的申国都城，此诗即是对这一事件的写照。诗中的召伯，即召穆公。

芃（péng）芃，旺盛之貌。膏，润泽，膏泽。任，背负物品。辇（niǎn），人拉车。集，成功，完成。徒，步卒。御，车卒。师、旅，均为西周军队建制，五百人为旅，五旅为师。肃肃，庄严之貌，喻神圣、重要。功，工程，工役。营，经营。烈烈，威武之貌。原隰，平原与洼地。

全诗大意如下：

黍苗旺盛，阴雨润泽；悠悠南行，召伯率我辛劳。
我背负，我挽车，我驾车，我牵牛。此行成功，就要归来。
我是步卒，我是车卒，我们之师，我们之旅。此行成功，就要返乡。
巍巍谢邑，召伯经营；烈烈远征之师，召伯成就。
原野已平，河泉已清，召伯成功，天子安宁。

| 何日忘之 |

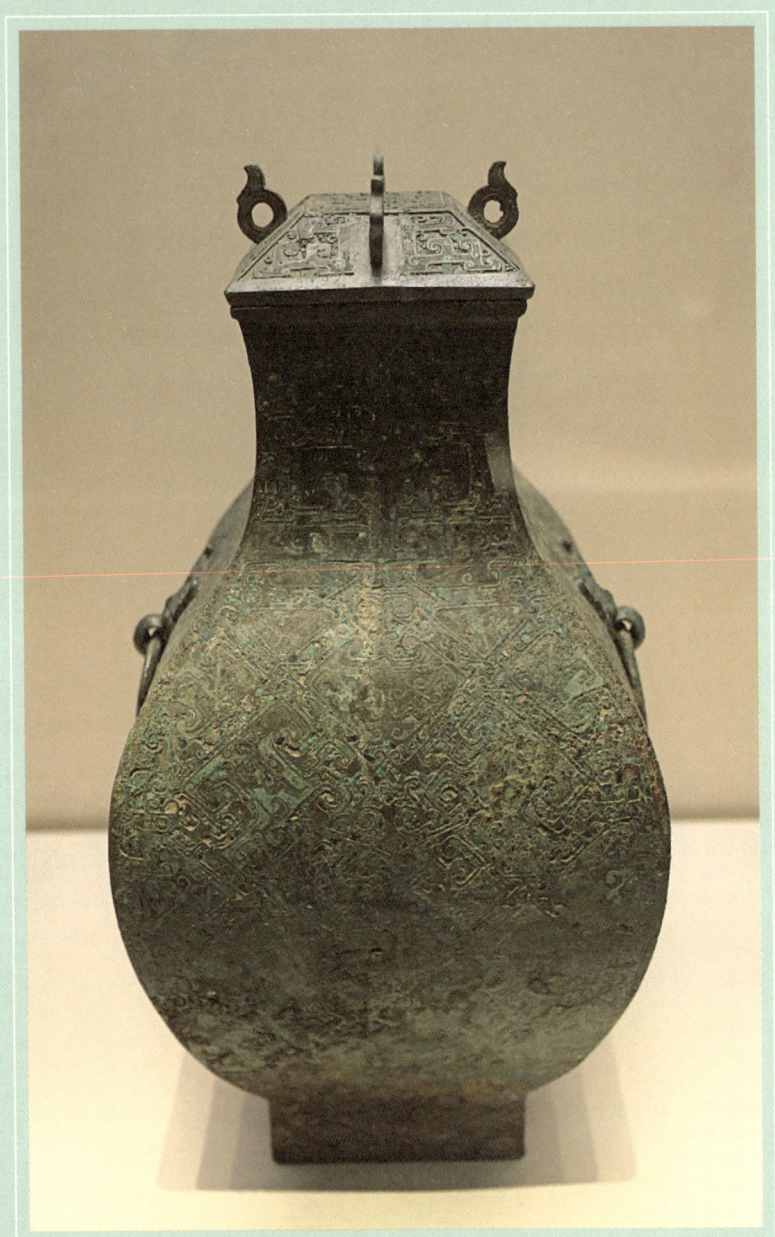

国家博物馆藏

隰　桑

隰桑有阿，其叶有难；既见君子，其乐如何？
隰桑有阿，其叶有沃；既见君子，云何不乐？
隰桑有阿，其叶有幽；既见君子，德音孔胶。
心乎爱矣，遐不谓矣？中心藏之，何日忘之？

【品读】

这是一首爱情诗，将一位少女深藏心中的爱刻画得惟妙惟肖。

隰（xí），低洼湿地，宜于桑树生长。阿，谓桑叶下垂之貌。难，谓桑叶繁盛。沃，谓桑叶光泽鲜艳。幽，谓桑叶黑亮。德音，君子之声音。孔胶，萦绕不去。遐，为何。谓，告知。

全诗大意如下：

湿地之桑，枝繁叶茂；既见君子，快乐无疆。
湿地之桑，枝繁叶亮；既见君子，怎会不乐？
湿地之桑，枝繁叶黑；既见君子，德音萦绕。
心中之爱，为何不说？藏之心中，何日能忘？

| 天步艰难 |

上海博物馆藏

白 华

白华菅兮，白茅束兮；之子之远，俾我独兮。
英英白云，露彼菅茅；天步艰难，之子不犹。
滮池北流，浸彼稻田；啸歌伤怀，念彼硕人。
樵彼桑薪，卬烘于煁；维彼硕人，实劳我心。
鼓钟于宫，声闻于外；念子懆懆，视我迈迈。
有鹙在梁，有鹤在林；维彼硕人，实劳我心。
鸳鸯在梁，戢其左翼；之子无良，二三其德。
有扁斯石，履之卑兮；之子之远，俾我疧兮。

【品读】

这是一首忧国之作，也是一首宫怨诗。西周幽王当政时，不理朝政，耽于美色，娶美女褒姒后，即废申后，此诗当为申后所作。

白华，即野菅（jiān），于水中浸泡后称菅，类似于麻，可作绳索或编织为其他用品。白茅束兮，用白茅草捆扎，此句谓白华与白茅互为依存，不可分离。之子，指幽王。俾（bǐ），使。英英，轻柔明亮之貌。天步，时运，国运。犹，作为。滮（biāo），水流之貌。硕人，大人，此指幽王。桑薪，上等薪柴。卬（áng），我。烘（hōng），用柴火烘烧。煁（chén），只有灶而无炊具，亦即烘烤。古人以上等薪柴烧上等炉灶，可正式烹饪，下等薪柴用于简易无锅的烘烤，此处系申后自比，谓自己是上等贤后，却遭废黜。劳心，伤心。懆（cǎo）懆，忧虑。迈迈，不顾。鹙（qiū），一种鱼鹰。梁，水中露出之石。鹙、鹤均以鱼为食，此句谓渔夫养鹙而弃鹤，使鹤栖于林中而不得温饱，此亦申后自比也。戢（jí），收起。疧（qí），病也。

全诗大意如下：

白华成菅，白茅捆扎；你之远离，使我孤独。飘飘白云，润泽菅茅；时运艰难，你不作为。池水北流，浸灌稻田；啸歌伤怀，忧虑大人。砍伐桑薪，用于劣灶；那位大人，实伤我心。宫中钟鼓，声闻于外；念你忧忧，对我不顾。鹙在梁上，鹤在林中；那位大人，实伤我心。鸳鸯在梁，收其左翅；你实不良，三心二意。扁平之石，踏上亦卑；你之远离，使我病矣。

| 绵蛮黄鸟 |

宝鸡青铜器博物馆藏

绵　蛮

绵蛮黄鸟，止于丘阿；道之云远，我劳如何？
饮之食之，教之诲之；命彼后车，谓之载之。
绵蛮黄鸟，止于丘隅；岂敢惮行？畏不能趋。
饮之食之，教之诲之；命彼后车，谓之载之。
绵蛮黄鸟，止于丘侧；岂敢惮行？畏不能极。
饮之食之，教之诲之；命彼后车，谓之载之。

【品读】

本诗系一普通百姓以黄鸟自比，写出对当政者的期待，其中所描绘的是百姓无依无靠的境遇，令人感怆。

绵蛮，鸟声。丘阿，山之阿，山之弯曲处。后车，古代之贵族出行，往往乘坐一车，又以一车载物，后者即称后车，又称副车。丘隅，山之角也。趋，快步行走。极，到达。

全诗大意如下：

绵蛮鸣叫的黄鸟，停在山丘之上；道路遥遥，我已疲惫之至，但愿有人给我饮食，给我教诲，让他的后车，也载上我。

绵蛮鸣叫的黄鸟，停在山丘之角；岂敢畏惧前行，只是担心不能快行。但愿有人给我饮食，给我教诲，让他的后车，也载上我。

绵蛮鸣叫的黄鸟，停在山丘之侧；岂敢畏惧前行，只是担心不能到达。但愿有人给我饮食，给我教诲，让他的后车，也载上我。

| 武人东征 |

国家博物馆藏

渐渐之石

渐渐之石，维其高矣；山川悠远，维其劳矣。武人东征，不遑朝矣。

渐渐之石，维其卒矣；山川悠远，曷其没矣？武人东征，不遑出矣。

有豕白蹄，烝涉波矣；月离于毕，俾滂沱矣。武人东征，不遑他矣。

【品读】

本诗是一位武士对连年征战的怨歌。

渐渐，高险之貌。遑，闲暇。卒，山势崔嵬之貌。曷，何。没，结束。出，此指返回，与入对应。豕（shǐ），猪。蹄（dí），蹄。烝（zhēng），众多。涉波，渡过河水，此指银河之水。离，驻留。毕，星宿名。古人认为"豕涉波，月离毕，将雨之验也"。也就是说，月亮驻于毕星之时，若云彩如猪群渡越银河，会有大雨到来。俾（bǐ），助词。

全诗大意如下：

高大险峻的山石，实在高险；山高水远，实在辛劳。武士东征，没有朝夕无暇。

高大险峻的山石，崔嵬高悬；山高水远，何时是尽头？武士东征，返回无暇。

天上之云，如白蹄之猪，成群过河；天上明月，驻于毕宿，大雨滂沱。武士东征，无暇顾及。

| 心之忧矣 |

南京博物院藏

苕之华

苕之华，芸其黄矣；心之忧矣，维其伤矣！
苕之华，其叶青青；知我如此，不如无生！
牂羊坟首，三星在罶。人可以食，鲜可以饱。

【品读】

周王朝末年，社会动荡，民不聊生，本诗有感而发。

苕（tiáo），凌霄花。芸，花草枯黄之状。牂（zāng）羊，母羊。坟，大也。牂羊坟首，形容母羊因吃不到草而瘠弱不堪，只有一个大大的羊头。罶（liǔ），捕鱼的筐，可放入水中，待鱼进入。三星在罶，形容河中无鱼，罶中水纹平静，只是映着天上的三星而已。鲜，很少。

全诗大意如下：

苕之花，渐渐黄萎；心中之忧，实在伤感！

苕之花，枝叶青青；知我如此，不如无生！

昔日肥硕的母羊，如今也只有一个大大的羊头，水面平静的罶中，没有游鱼，只有映着天上的三星，人们虽也有饭，很少能够吃饱。

| 匪兕匪虎 |

国家博物馆藏

何草不黄

何草不黄？何日不行？何人不将，经营四方？
何草不玄？何人不矜？哀我征夫，独为匪民！
匪兕匪虎，率彼旷野。哀我征夫，朝夕不暇！
有芃者狐，率彼幽草；有栈之车，行彼周道。

【品读】

这是一首民怨诗。周王朝末年，连年征战，百姓苦于兵役，疲于奔命，怨声载道，故有是诗。

将，将要出行。玄，赤黑色。矜（guān），无妻为矜，此处言在外服役者，失去家庭之乐也。征夫，在外服役者。匪民，游民，背井离乡者。兕（sì），犀牛。率，循，行走在。芃（péng），尾长之貌。栈车，装有木栏之车，出征时装载粮食军需。周道，大道也。

诗的大意如下：

什么草不会枯黄？哪一天不会出行？哪个人不是将要出行，随从经营四方？

什么草不会变得黑紫？哪个人不会失去天伦之乐？哀叹我们征夫，独独成为游民！

不是兕也不是虎，却要行走在茫茫旷野。哀叹我们征夫，朝夕不得闲暇！

狐尾长长，行走在深草；栈车隆隆，奔驰在大道。

| 子孙保之 |

宝鸡青铜器博物馆藏

天　作

天作高山，大王荒之；彼作矣，文王康之。
彼徂矣，岐有夷之行。子孙保之。

【品读】

这是一首歌功颂德之作，歌颂周朝开国之君文王之父古公亶父及其后继者。

高山，即岐山，西周王朝的发祥地。大王，即古公亶父。荒之，治理。康之，安定。徂，往。夷，平坦。行，道路。

诗的大意如下：

天作高山，大王治理；在此之上，文王又使之安康。百姓归之如流水，岐山之地如同大道坦途。子子孙孙要世世保有。

歌功颂德之作能如此简明，实属难得。

| 为酒为醴 |

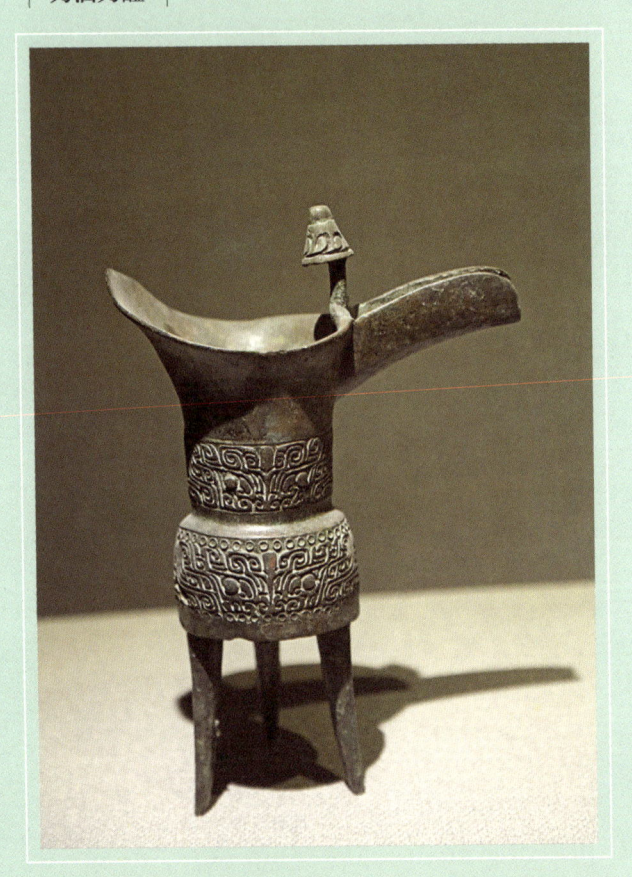

宝鸡青铜器博物馆藏

丰 年

丰年多黍多稌。亦有高廪，万亿及秭。
为酒为醴，烝畀祖妣，以洽百礼，降福孔皆。

【品读】

这是秋收之后的祭祖之歌，简洁直白地描绘了先民们秋收之际的喜悦与兴奋，刻画了他们对祖先神灵虔诚的敬畏，既有感恩之心，又有祈福之意，这也是中国古代对神灵崇拜的基本格式。

稌（tú），水稻。廪（lǐn），仓库，粮仓。万亿及秭，一万至数万称亿，一亿至数亿称秭，此处"万亿及秭"乃极言其多也。醴（lǐ），一种甜酒。烝（zhēng），冬日之祭祀。畀（bì），奉上，献予。祖、妣（bǐ），分别指男系祖先与女系祖先。洽，备也。孔皆，遍及。

诗的大意如下：

丰收之年，黍稻充盈，高大的粮仓装满成万上亿斤的粮食。酿酒酿醴，献给祖先，百礼齐备，神灵还会多多降福。

后 记

  《诗经》的时代在中国古代文明史上又被称作"青铜时代",精美绝伦的青铜制品是这一时代文明与文化的集中体现。

  商周与春秋战国的青铜制品可分为礼器、兵器、车马器、工具四个部分,无论是制作工艺,还是传世数量,青铜礼器都首屈一指。

  青铜器的造型艺术和纹饰艺术是这一时代艺术的杰出代表,商代青铜艺术之神秘绚丽,西周青铜艺术之典雅厚朴,春秋战国青铜艺术之简洁流畅,都是无可比拟的。走进青铜时代,可以真切地感知那个时代的人文与文化,将其与《诗经》诗篇相印证,可以为我们构建起穿越历史的时空之桥。

  我国现存的青铜器数量众多,为最大限度地寻觅艺术成就与艺术特色俱佳者,我们遍访国家博物馆、上海博物馆、南京博物院、陕西省博物馆、河南博物院、西安博物馆、宝鸡青铜器博物馆、洛阳博物馆等十余家博物馆,从中拍取了一百幅图片,以青铜器为主,兼及少数玉器,与所选《诗经》100篇对读。

若荻

2016年初夏

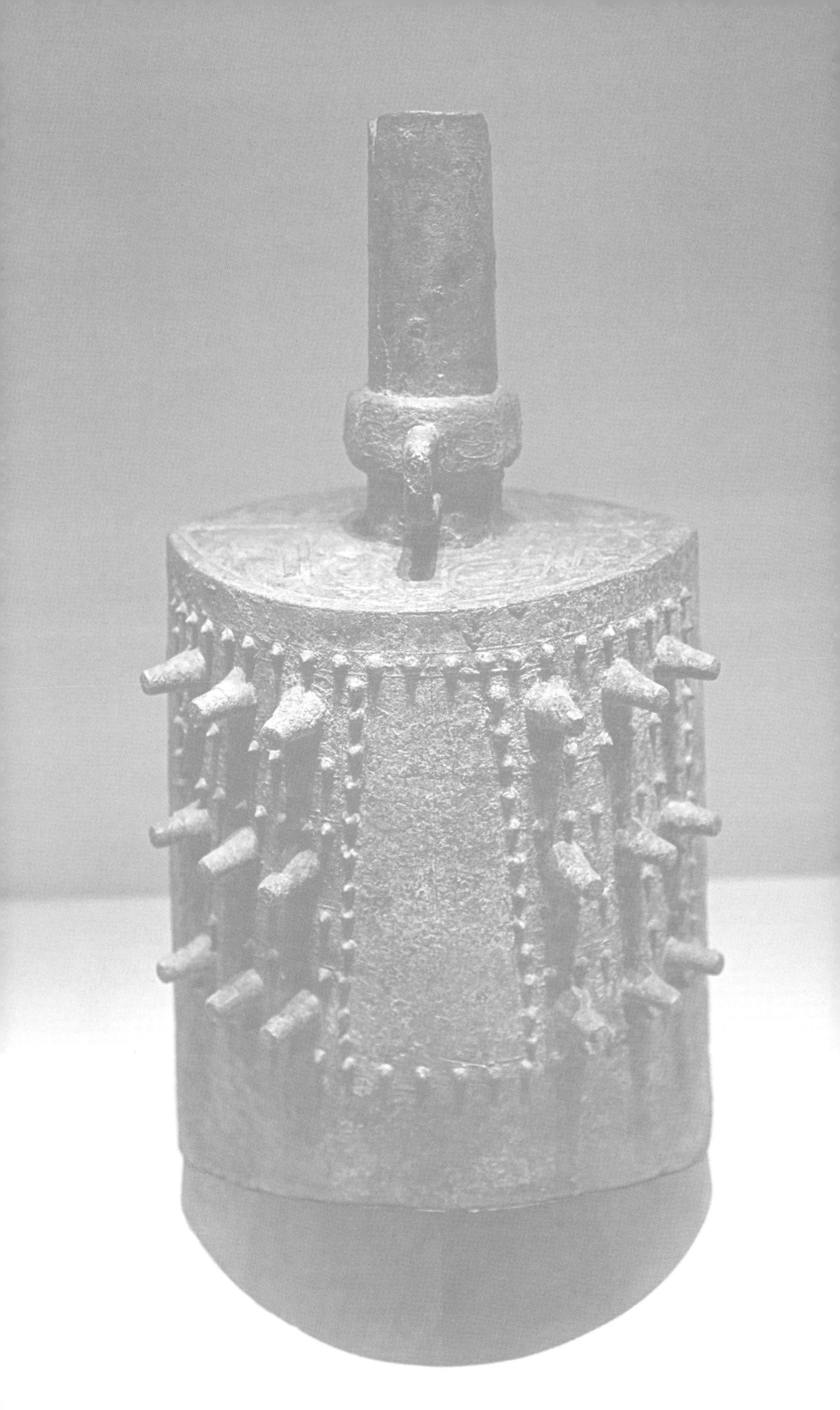

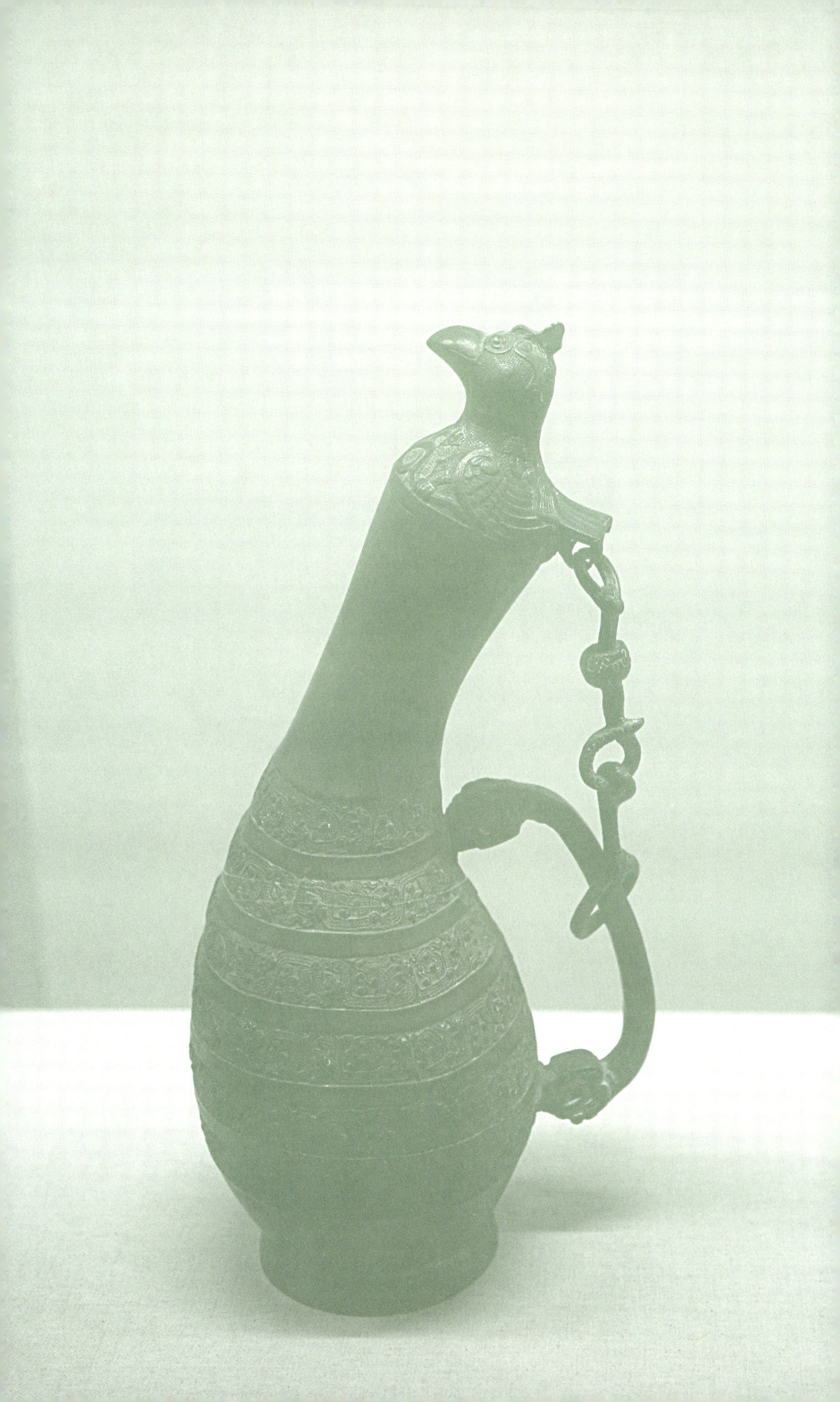

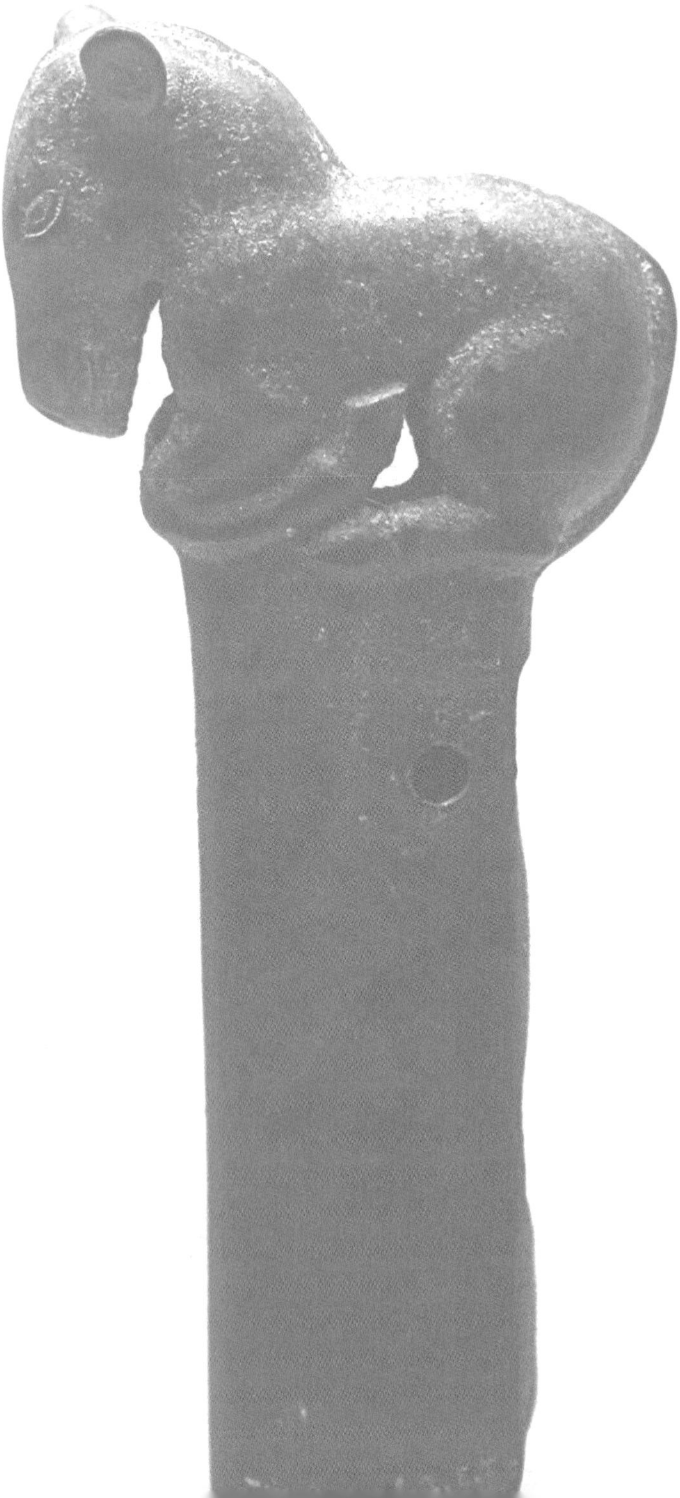

图书在版编目（CIP）数据

诗经百品 / 苏若荻编著. —北京：经济科学出版社，2016.6
（品读诗词中国）
ISBN 978-7-5141-7001-6

Ⅰ.①诗… Ⅱ.①苏… Ⅲ.①古体诗—诗集—中国—春秋时代 Ⅳ.①I222.2

中国版本图书馆CIP数据核字（2016）第126890号

编　　著　苏若荻
责任编辑　孙丽丽
装帧设计　鲁　筱

诗经百品

出　　版	经济科学出版社
地　　址	北京市海淀区阜城路甲28号
电　　话	总编部电话（010）88191217
	发行部电话（010）88191522
网　　址	www.esp.com.cn
电子信箱	esp@esp.com.cn
发　　行	新华书店经销
印　　刷	北京市十月印刷有限公司印装
规　　格	710 mm×1092mm　16开
印　　张	14
字　　数	250千字
版　　次	2016年6月第1版
印　　次	2016年6月第1次印刷
标准书号	ISBN 978-7-5141-7001-6
定　　价	56.00元

著作权所有·请勿擅自用本书制作各类出版物·违者必究
如有印装质量问题·请与经济科学出版社发行部调换